KB063391

로크미디어가
유혹하는
재미있는 세상
ROK
MEDIA
로크미디어

천외천의 주인

천외천의 주인 24

2022년 6월 8일 초판 1쇄 인쇄
2022년 6월 13일 초판 1쇄 발행

지은이 한수오
발행인 김정수 강준규

기획 이기헌 왕소현 박경무 강민구
책임편집 오영란
마케팅지원 이원선

발행처 (주)로크미디어
출판등록 2003년 3월 24일
주소 서울시 마포구 성암로 330 DMC첨단산업센터 318호
Tel (02)3273-5135 **편집** 070-7863-8596 **Fax** (02)3273-5134
홈페이지 rokmedia.com **E-mail** rokmedia@empas.com

값 8,000원

ISBN 979-11-354-7444-6 (24권)
ISBN 979-11-354-8621-0 04810 (세트)

작가와의 협의에 의해 인지는 생략합니다.
잘못된 책은 구입처에서 바꾸어 드립니다.

한수오 신무협 장편소설

24

천외천의 주인

| 풍운만리風雲萬里 |

차례

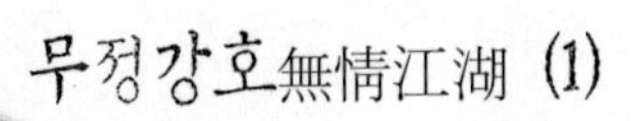

무정강호無情江湖 (1)

쇄애액-!

백영은 전광석화처럼 면전으로 쇄도하는 도극의 강렬함에 절로 반응해서 뒤로 물러났다.

본능에 따른 그 움직임 덕분에 그는 비록 갈마륵의 살인적인 공세를 피했으나, 얼굴이 한겨울의 추위에 튼 것처럼 갈라지고 머리가 흐트러지며 잘려 나가는 것은 막지 못했다.

도극이 닫기도 전에 다가온 도기의 강렬함에 낭패를 당한 것이다.

"그러니까 물러서지 말고 마주쳤어야지!"

"칼은 내 몫이니까 제발 그 주둥이 좀 닥쳐!"

도기의 여파를 피해서 거듭 물러나며 한마디 언쟁을 벌인 백영은 와중에 좌수를 뻗어 냈다.

강맹한 기운이 그의 손에서 일어났다.

침투경인 백골투심장이었다.

재차 공격을 추가하려고 쇄도하던 갈마륵이 기민하게 측면으로 미끄러졌다.

아무런 느낌이 없었으나, 백골투심장이 그의 곁을 스쳐서 지나간 듯 뒤쪽의 벽이 작렬하는 폭음 속에 깨져 나갔다.

해자추가 도주한 것이 바로 그때였다.

꽝—!

엄청난 굉음과 함께 천장의 일각에 구멍이 뚫리며 우수수 잔해가 쏟아졌다.

갈마륵은 백영의 발골투심장을 피하고 공방일체의 묘리에 따라 기민하게 반격에 나서려다가 그것을 보았다.

해자추가 천장을 뚫고 도주하고 있었다.

"저런 개 쌍……!"

갈마륵은 격분했다.

얌전한 고양이가 부뚜막에 먼저 오르고, 안 그런 척하는 종자가 뒤에서 호박씨를 깐다더니 딱 그 짝이었다.

매사에 가지각색 있는 대로 잘난 척을 해대던 녀석이 사태가 심상치 않자 먼저 내뺀 것이다.

순간, 이래저래 감정이 흔들린 그의 공격에 힘이 빠졌다.

그게 승기를 잡았던 그에겐 더 없는 악재로, 승기를 놓치고

밀리던 백영에겐 더 없는 호재로 작용했다.

승기를 잡았다고는 하나, 갈마륵과 백영의 실력 차이는 그야말로 반수도 안 되는 미미한 수준의 것이었기 때문이다.

챙-!

순간적으로 쳐든 백영의 일엽도가 쇄도하던 갈마륵의 칼을 막았다. 그리고 그와 동시에 내밀어진 백영의 좌수가 갈마륵의 가슴에 달라붙었다.

갈마륵의 도극에 애초의 기세가 담겨 있었다면 그런 일은 벌어지지 않았다.

밀리고 있던 백영의 입장에선 막기에도 버거웠을 테니까.

하지만 갈마륵은 도주하는 매자추를 보고 감정의 동요를 일으키는 바람에 본의 아니게 공세의 힘이 빠져나갔고, 백영은 예리하게 그것을 간파해 그 틈을 파고들며 반격을 가한 것이다.

그것이 승패를 갈랐다.

아니, 그것으로 승패가 역전되었다.

퍽-!

묵직한 폭음이 터졌다.

회심의 일격인 백영의 백골투심장이 갈마륵의 가슴에서 작렬하는 소리였다.

"커억!"

갈마륵은 숨이 턱 막히는 고통 속에 비명을 지르며 피를 토하며 거세게 뒤로 나가떨어졌다.

이러다간 진짜 죽는다는 공포에 정신이 번쩍 든 그는 반사적으로 벽을 등지며 일어나서 방어 태세를 갖추었으나, 운명의 신이 그를 외면했다.

하필이면 그때 눈으로 보면서도 믿을 수 없는 광경이 펼쳐졌기 때문이다.

천장을 뚫고 도주한 매자추가 배는 더 빠른 속도로 자신이 뚫어 놓은 구멍을 통해 추락해서 대청 바닥에 처박힌 것이다.

"왜……?"

의문의 순간은 매우 짧았다.

천장의 구멍을 통해서 서서히 하강하는 사람이 하나 있었다.

바람에 휘날리는 은빛 머리카락으로 인해 도무지 현실의 존재로 보이지 설무백이 바로 그였다.

"분명 방금 전까지만 해도 태사의에 앉아 있었는데……?"

갈마륵은 그와 같은 의문에 빠져서 자신의 심장을 파고드는 백영의 일엽도를 전혀 의식하지 못했다.

푸욱-!

갈마륵은 뒤늦게 느껴지는 고통에 오만상을 찡그리며 자신의 가슴을 내려다보였다.

가슴 깊이 파고들어서 심장을 관통해 버린 백영의 일엽도가 그의 시선까지 아프도록 시리게 했다.

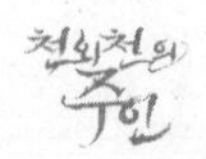

"죽일 필요까지는 없었지 않나?"

"그게 무슨 개소리야? 생사결이야! 죽일 수 있을 때 죽여야지 내가 살 수 있는 거라고!"

"그게 아니라 얘를 죽여야 할 사람은 따로 있으니까 하는 말이지."

"아……!"

혼자서 다툼을 벌이다가 또 혼자서 납득하는 백영의 모습을 보며 갈마륵은 새삼 혼란스러운 기분이 되었으나, 그 기분은 그리 오래가지 않았다.

이내 아득한 나락으로 떨어지는 혼절이 찾아왔기 때문이다.

"죽은 건가?"

"보면 몰라? 기절한 거잖아!"

"그럼 어서 죽지 않게 살펴!"

"알았으니까 잔소리 좀 그만해!"

혼절한 갈마륵을 두고 다시금 말다툼을 벌인 백영은 서둘러 갈마륵의 심장을 관통한 일엽도를 조심스럽게 당겼다.

그러자 벽에 박혀 있던 갈마륵의 신형이 앞으로 기울러지다가 스르르 미끄러져서 바닥에 널브러졌다.

백영이 일엽도의 서슬이 비틀리거나 어긋나서 갈마륵의 심장이 찢어지는 것을 방지하려고 잡고 있던 일엽도의 손잡을 재빨리 놓았기에 가능한 일이었다.

백영은 일엽도를 뽑지 않고 그대로 둔 채 갈마륵의 혈도를 봉쇄하고는 조심스럽게 어깨에 짊어지며 돌아섰다.

그런 그의 시선에 대청 바닥에 처박혔던 매자추가 선혈이 낭자한 몸으로 비틀비틀 일어나는 모습으로 들어왔다.

"재 아직 안 죽었네?"

"이제 죽겠네."

백영의 혼잣말 아닌 혼잣말과 상관없이 선혈이 낭자한 모습으로 일어난 매자추가 아무것도 없는 허공에서 마치 계단을 밟듯 지상으로 내려오는 설무백을 경악과 불신에 찬 눈빛으로 바라보며 물었다.

"너는 누구냐?"

설무백은 대답하지 않았다.

대신 앞서 도주하는 매자추를 뒤쫓으려다가 사태를 파악하며 나서지 않고 그대로 기다리던 공야무륵이 말했다.

"주제넘게 굴지 마라. 네 상대는 나로 족하다."

매자추가 힘겹게 돌아서서 공야무륵을 바라보았다.

붉게 젖은 그의 두 눈빛은 공야무륵의 말을 전혀 인정하지 않고 있었다.

"보여 주지!"

공야무륵이 짧게 중얼거리고는 두 손에 들고 있던 도끼를 내려놓으며 거북이 등딱지처럼 등에 짊어지고 있던 대월을 꺼내 들었다.

그가 두 손을 들어서 목뒤로 넘겼다가 앞으로 내밀자 그의 손에는 문짝만 한 도끼인 대월이 잡혀 있었다.

그 상태로, 그는 아무런 사전 동작도 없이 그대로 높이 떠올랐다가 매자추를 향해 떨어져 내리며 수중의 대월을 내리찍었다.

태산압정, 일도양단의 기세였다.

휘우우우웅─!

어마어마한 파공음이, 마치 불붙은 아름드리 거목을 통째로 휘두르는 것 같은 파공음이 해자추의 면전으로 휘몰아쳤다.

공야무륵의 성명절기인 마라추살부법 중 하나의 대월로 펼치는 세 번째이자, 마지막 단계인 뇌화추혼부(雷火追魂斧), 일명 뇌부(雷斧)의 신위였다.

"……!"

해자추의 붉은 눈가에 파르르 경련이 일어났다.

인정하기 싫지만 인정할 수밖에 없는 그의 감정, 경악이었다.

그리고 그것이 그가 살아생전에 마지막으로 느끼는 감정이 되었다.

피할 수도 없고 막을 수도 없는 공야무륵의 극강절초 뇌부가 그 순간에 그의 전신을 짓눌러서 터트려 버렸기 때문이다.

꽈광─!

벽력과 뇌성의 울음 속에서 붉은 피가 안개처럼 흩어지고,

잘게 으깨진 살점과 뼈가 사방으로 비산했다.

매자추의 주검은 뇌부의 엄청난 파괴력 앞에서 흔적도 없이 소멸되어 버렸다.

"어라? 무너지겠는데……?"

백영이 지진을 만난 것처럼 크게 진동하는 주변을 둘러보며 중얼거렸다.

대월을 다시금 등에 짊어지고 바닥에 내려놓았던 양인부와 낭아부를 챙기다가 백영의 말을 들은 공야무륵이 마찬가지로 흔들리는 장내를 둘러보며 슬쩍 설무백의 눈치를 보았다.

"뭘 봐? 어서 밖으로 나가면 되지!"

설무백은 짐짓 눈총을 주며 윽박지르고는 서둘러 밖으로 나섰다.

백영이 얼어붙어 있던 환귀의 뒷덜미를 잡아채고 머뭇거리던 섭자생을 앞세우며 그 뒤를 따르고, 공야무륵이 그 뒤에 붙어서 마지막으로 대청을 나섰다.

대청이, 바로 대연각이 그 순간에 와르르 무너져 내렸다.

"그 녀석은 왜?"

무너지는 대연각을 간발의 차이로 벗어난 설무백은 일엽도에 꼬치처럼 꿰어진 갈마륵을 짊어진 백영을 향해 물었다.

백영이 멋쩍은 표정으로 대답했다.

"그냥 사정이 좀 있습니다."

설무백은 적잖게 사정이 궁금했으나, 그보다 먼저 확인해야 할 것이 떠올라서 더 묻지 않고 주변을 둘러보았다.

대연각의 밖인 작은 마당은 그야말로 한 장의 지옥도와 같았다.

갈마륵과 해자추의 일행이던 오행마가의 오십여 명이나 되는 인원의 피와 살점으로 그려진 지옥도였다.

그리고 거기 그 지옥도의 중심에는 두 사람이 서서 숨을 헐떡이고 있었다.

바로 지옥도를 그린 요미와 흑영이었다.

그들이 무너지는 대연각을 배경으로 서 있는 설무백을 보고 반색하며 쪼르르 다가왔다.

"오빠!"

요미는 그저 반색하고, 흑영은 그저 깊이 고개를 숙이는 가운데, 설무백은 못내 그들의 안위를 살피다가 절로 미간을 찌푸렸다.

이외였다.

흑영의 전신이 여기저기 긁히고 찢긴 상처로 가득한 것은 그러려니 하겠지만, 요미마저 같은 모습이라는 것은 도저히 납득하기 어려웠다.

그때 그런 그의 마음을 읽은 듯 흑영이 무색한 표정으로 말했다.

"저 때문에, 저를 돕다가……!"

"무슨 소리야! 그냥 같이 싸운 거지!"

요미가 발끈한 모습으로 흑영의 말을 자르고는 이내 설무백을 향해 해맑게 웃으며 재우쳐 물었다.

"같은 편이니까, 동료니까 그렇게 같이 싸우는 것이 맞잖아. 그렇지, 오빠?"

요미가 흑영을 도우며 싸우느라 상처를 입은 것이다.

실로 사정이 그렇다면 이미 답이 정해진 질문이었다.

"당연하지. 수고했다."

설무백은 활짝 웃는 낯으로 대꾸하고는 손을 내밀어서 요미의 앞머리를 거칠게 흐트러트렸다.

조금 과격하긴 하나, 그게 그녀가 좋아하는 그의 애정 표현이었다.

"헤헤……!"

역시나 요미가 기분 좋게 웃었다.

다행히도 요미는 물론, 흑영도 그다지 큰 상처를 입은 것이 아니었다.

설무백은 내심 안도하며 그제야 여전히 망연자실, 실의에 빠져 있는 섭자생에게 시선을 주었다.

하지만 선뜻 무슨 말을 건네는 것이 좋을지 몰라서 망설여졌다.

환생이라는 천고에 다시없을 경험을 한 그이지만 아들을 잃은 아비의 마음을 알 도리가 없었다.

그때, 백영이 나서며 짊어지고 있던 갈마륵을 바닥에 내려놓으며 말했다.

"저기, 이 녀석이 장청이라는 저 노인네의 아들을 죽였답니다."

망연자실하고 있던 섭자생의 두 눈에 불이 켜졌다.

복수의 불이었다.

백영이 그게 아랑곳하지 않고 바닥에 내려놓은 갈마륵의 뺨을 몇 차례 호되게 갈겨서 깨웠다.

"으……!"

갈마륵이 신음과 함께 깨어났다.

백영이 슬쩍 설무백을 바라보았다.

설무백은 그저 고개를 끄덕였다.

그는 지금 백영이 무엇을 하려는지 아니, 하고 싶은 것인지 능히 짐작했으나, 말리고 싶은 마음은 전혀 들지 않았다.

백영이 그런 그의 마음을 아는 것처럼 앞으로 나서서 섭자생을 향해 말했다.

"노인장이 선택하시오. 칼을 뽑지만 않으면 쉽게 죽지 않을 테니, 얼마든지 노인장의 한풀이를 할 수 있을 거요."

섭자생은 벌써 갈마륵의 면전에 다가서 있었다.

심장을 관통한 칼날의 고통에 겨워하는 갈마륵을 눈빛이 섭자생의 시선을 마주하자 싸늘하게 변해 갔다.

감히 너 따위가 나를 어떻게 할 수 있겠냐는 오기와 독기가 서린 눈빛이었다.

벌써부터 글썽이는 눈물로 인해 희뿌옇게 변해 있던 섭자생의 눈빛이 그런 그의 시선을 마주하자 크게 흔들렸다.

겁을 먹은 것으로 보이지는 않았다.

그저 무언가 막연하게 한스러운 마음이 드러난 눈빛으로 보였다.

그러던 그가 이내 작심한 듯 호흡을 고르더니, 갈마륵의 심장을 관통하고 있는 일엽도의 손잡이를 잡았고, 잡았다 싶은 순간에 사정없이 잡아 뽑았다.

"헉!"

갈마륵이 헛바람을 삼키며 울컥 피를 토했다.

일엽도가 빠져나온 그의 가슴에서도 분수 같은 핏줄기가 뿜어지고 있었다.

섭자생은 그렇게 위아래로 피를 쏟아 내며 창백한 안색으로 죽어 가는 갈마륵을 잠시 지켜보다가 수중의 일엽도를 백영에게 건네며 설무백을 향해 말했다.

"일개 상인에 불과한 나 따위가 가진 힘으로 저들의 세상을 바꿀 수 있을 거라고는 생각하지 않소. 하지만 그렇다고 이대로 꿈도 없는 절망 속에서 산송장으로 지내기는 싫소."

그는 대뜸 설무백을 향해 무릎을 꿇고 고개를 숙이며 부탁했다.

"부디 내가 할 수 있는 일을 알려 주시오!"

절망은 포기만이 아니라 용기도 만든다.

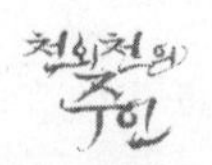

지금 아들의 죽음 앞에서 더 없는 상실감에 빠진 섭자생이 그런 것 같았다.

설무백은 도와주지 않을 수 없었다.

"북경상련의 방양을 찾아가시오. 지금으로서는 그를 따라가는 게 최선일 거요."

대정상련을 나선 설무백은 일행과 함께 곧장 소오현의 중심가인 저잣거리에 자리한 천보각으로 갔다.

앞서 백영이 소수와 야도를 죽인 그곳, 천보각이 오행마가의 비밀 지부격이라는 것이 환귀가 털어놓은 얘기 속에 들어 있었기 때문이다.

"오행마가만이 아니라 마교에 속한 세력들 전부가 저마다 이미 오래전부터 중원에 비밀 지부를 설치한 것으로 압니다. 자기들끼리 하는 얘기를 들었는데, 나머지 마도오문과 십대종파(十大宗派)도 이미 오래전부터 그랬다고 합니다. 다만 천마대제의 명령에 따라 일종의 선발대로 먼저 들어온 천사교의 눈치를 보느라 드러내지 못하는 것뿐이라고요."

환귀는 변방을 떠도는 낭인으로 살다가 남다른 변장술이 우연찮게 오행마가의 눈에 띄어서 강압과 억압을 통해서 마졸이 되어 버린 사람이었다.

그런 사람이 마교에 대해서 알아봤자 얼마나 알겠냐만, 적어도 천보각이 오행마가의 비밀 지부격이라는 것은 사실이었다.

천보각의 늙은 주인과 젊은 장궤, 점소이 등 열세 명이 전부다 마공을 익힌 마졸이었던 것이다.

그래서 그들은 다 죽었고, 천보각은 불타올랐다.

설무백의 명령에 따른 결과였다.

흔적을 남기지 않고 정리해서 대정상련과 연결될 수 있는 고리를 확실하게 끊어 버린 것이다.

다만 정작 설무백은 거기가 아니라 다른 곳에 있었다.

천보각과 백여 장가량 떨어진 장소, 저잣거리의 끝자락에 자리한 연화객잔(蓮華客棧)이었다.

연화객잔의 이 층 창가에서는 저 멀리 하늘 높이 치솟는 천보각의 불길이 한눈에 들어왔는데, 설무백은 거기 놓인 탁자에 하오문의 석자문과 마주 앉아서 그 모습을 지켜보며 진지한 담화를 나누고 있었다.

"……그래서 지금까지 우리가 수집한 정보를 종합해서 따져보면 당시 천마공자가 바다를 건너서 동방으로 갔고, 거기 바닷가 마을인 해구에서 지냈던 것은 틀림없는 것 같습니다. 그날 거기서 대륙으로 넘어가려고 배를 기다리던 해동의 상인들을 잔인하게 몰살시킨 마적들이 대륙으로 돌아오는 설 장군을 노리고 정 태감이 동원한 사조직인 것도 거의 확실하고 말입니다."

"천마공자의 생사에 대해서는 뭐 밝혀진 게 없나?"

"죄송하게도 그 부분에 대해서 밝혀진 건 아무것도 없습니다. 제법 발품을 팔았는데도 그저 거기서 행방이 묘연해졌다

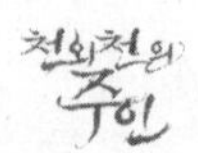

는 정도가 다입니다."

"당시 천마공자가 자신의 아이를 밴 여자와 같이 있었다는 것은?"

"여자와 함께 있었다는 것은 사실인 것 같습니다. 거기 인근 사람들이 다들 그런 소리를 했답니다. 중원에서 온 귀공자가, 아, 그러니까, 천마공자의 외모가 워낙 빼어나서 당시 사람들이 다들 그렇게 불렀답니다. 중원에서 온 귀공자라고. 아무튼, 그 천마공자와 항상 같이 다니던 미녀가 있었답니다. 다만 그 여자가 임신을 했었는지는 알려진 바가 없습니다."

"그 여자의 생사에 대해서는?"

"그것도 아직은…… 죄송합니다. 그리고 사실 전서로만 확인한 내용들이라 미진한 구석이 적지 않습니다. 아무래도 그쪽에 다녀온 애들이 도착해 봐야 자세한 얘기를 들을 수 있을 겁니다."

"음."

설무백은 못내 아쉬운 마음에 짧은 침음을 흘리고는 이내 고개를 끄덕이는 것으로 석자문의 말에 동의하며 재우쳐 물었다.

"어제쯤이면 만날 수 있을 것 같아?"

석자문이 이미 계산해 둔 것처럼 머뭇거림 없이 바로 대답했다.

"주군이 어디에 계시느냐에 따라서 다르지요. 제가 전서를 받은 게 사흘 전이니까, 주군께서 하북성에 계시면 늦어도 닷새나 엿새 후일 테지만, 하북성을 벗어나시면 족히 여드레 이상은……."

설무백은 석자문의 대답이 끝나기도 전에 말을 잘랐다.

"하남성으로 넘어갈 생각이야."

"무림맹에요?"

"응. 아무래도 그쪽 동향부터 먼저 살펴봐야 무언가 다른 행보도 정해질 것 같아서. 흑점의 노인네들도 좀 봐야겠고."

"그럼 애들에게 미리 연락을 해서 아예 그쪽으로 가라고 하겠습니다. 서두르라고 이르면 늦어도 엿새 안에는 도착할 수 있을 겁니다."

"본점으로 오라고 해."

"본점이라시면……?"

"흑점."

"아……!"

설무백은 적잖게 당황스러워하면서도 내색을 하지 않으려고 애쓰는 석자문을 바라보며 피식 웃었다.

"뭐야? 다 알면서 굳이 묻는 건 뭐고, 그렇게 새삼 놀라는 건 또 뭐야?"

석자문이 어색하게 따라 웃으며 대답했다.

"흑점이지 않습니까. 주군과 우리가 동일한 시야를 가졌다고 보시면 곤란합니다. 주군께서는 대수롭지 않게 느끼실지 몰라도 다른 사람에겐 전혀 그렇지가 않습니다. 누가 뭐래도 흑점은 남북쌍각(南北雙閣), 동천서지(東天西地), 은자비림(隱者秘林)과 더불어 천하인들 모두가 경외의 대상으로 삼는 강호무림의 천외천(天外天)입니다."

설무백은 본의 아니게 기분이 묘해졌다.

흑점이야 차치하고, 남북쌍각과 동천서지는, 즉 동쪽의 하늘이라는 검천과 서쪽의 땅이라는 검지, 남쪽의 바다라는 남해청조각, 북쪽의 산이라는 북산현하각은 강호무림의 모두가 경외하는 사대신비검문이라 그러려니 했는데, 은자비림이라는 말을 듣자 절로 그런 기분이 되었다.

은자비림은 은자림 또는 비림이라고 불리며 중원 각지에 자리하고 있는 낭인 시장을 뜻했고, 일개 세력이 아닌 그곳이 흑점이나 사대신비검문과 함께 거론되는 이유는 바로 소림사의 달마와 무당파의 장삼봉과 더불어 고금제일인을 다툰다는 천하삼천존의 일인인 낭왕 이서문을 배출했기 때문이다.

낭왕 이서문의 후예로, 모든 진전을 물려받은 설무백의 입장에선 이미 오래전부터 유명무실해져서 이제는 그 누구도 그렇게 부르지 않는 은자비림의 이름을 듣자 실로 감회가 새로웠던 것이다.

"은자비림이라, 감회가 새롭네. 근데, 지금은 누구도 그렇게 부르지 않잖아? 다들 그냥 은자림이나 비림으로 부르지."

석자문이 어색하게 웃는 낯으로 대답했다.

"위에서 노는 분들이야 그럴지 모르겠지만, 우리네들처럼 바닥을 기며 생활하는 애들은 아직도 여전히 그렇게 부릅니다. 그렇게 부르지 않더라도 항상 그 이름을 떠올리고 있고요. 개천에서도 용이 날 수 있다는 건 우리 같은 하류 인생의 꿈이자, 낙이거든요."

설무백은 짐짓 곱지 않은 눈빛으로 석자문을 쳐다보며 면박을 주었다.

"넌 가끔 과장이 너무 심해. 네가 하류 인생이면 천하에 하류 인생 아닌 자가 몇이 되겠냐?"

석자문이 머쓱하게 웃으며 대꾸했다.

"저 말고 우리 애들이요. 저야 이 정도면 벌써 용 된 거죠. 큰 용은 아니고요. 조금 작은 용이요. 하하하……!"

설무백은 석자문의 넉살에 넘어가서 피식 웃으며 말문을 돌렸다.

"알았으니까, 흰소리 그만하고, 어서 흑도천상회 애들 얘기나 해 봐. 어때? 뭐 좀 찾은 거 있어?"

석자문이 진지한 모습으로 돌아가서 대답했다.

"그쪽은 어째 신기할 정도로 잠잠합니다. 다만 무림맹과 달리 마교의 공격도 받지 않았고, 외부에서 충돌한 적도 없어서 기존의 전력을 그대로 보존하고 있음에도 내부의 분위기는 썩 좋지 않습니다. 뭐랄까? 폭풍전야 같다고나 할까요?"

"그렇게 보는 이유는?"

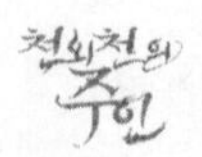

"거기 애들이 밖에 나와서 술을 마시면 늘 소란이 일어난답니다. 자기들끼리 싸운다네요. 건방지다, 까분다, 니들이 우리 아래다 등등의 이유로요. 한마디로 한 지붕 아래 살고 있지만 한 가족이 아닌 겁니다."

설무백은 얼추 그림이 그려져서 고개를 끄덕였다.

"그럼 조만간 결론이 나겠군. 누군가 주도권을 잡거나, 아니면 그냥 깨지거나."

석자문이 말했다.

"깨지지 않을까요? 무림맹과 달리 그쪽은 고만고만하게 어깨를 견주는 애들이 너무 많잖습니까."

설무백은 고개를 저었다.

"아니, 그 반대로 조만간 누군가 주도권을 잡을 거야."

석자문이 묘하다는 투로 설무백의 눈치를 살폈다.

"누가 주도권을 잡을 건지도 아시는 것 같네요."

설무백은 당연하다는 듯이 말했다.

"조만간 암왕 사도진악이 전면에 나설 거야. 그가 주도하는 쾌활림이 흑도천상회를 통솔하게 되는 거지."

석자문이 선뜻 납득하지 못하겠다는 듯 고개를 갸웃거렸다.

"암왕 사도진악은 개인적인 무력을 따지면 무림사마보다 아래고, 세력을 따지면 사왕 부금도의 흑선궁과 그야말로 막상막하, 어깨를 나란히 하고 있습니다. 그런 마당에 과연 무림사마와 사왕 부금도가 그걸 가만히 보고만 있을까요?"

설무백은 대수롭지 않게 말했다.

"무림사마라고는 하지만 혈목사마 담황과 팔황신마 냉유성뿐이잖아. 천산파의 대장로인 천산금마(天山金魔) 단이자(段利子)가 중원으로 입성했다는 소리는 아직 듣지 못했고, 무영천마(無影天魔) 광소(廣疏)는 과거 천하제일투(天下第一投) 묘수공공(妙手空空) 허완종(許完踪)과의 경공술 내기에서 패한 이후 강호무림에는 얼굴을 내밀지 않고 있으니까."

"남은 그 둘이 무섭다는 거죠, 제 말은."

"그것도 둘이 아니라 하나잖아. 혈목사마 담황은 죽었으니까."

"어라?"

석자문의 눈이 커졌다.

"그건 또 어찌 아셨습니까? 저도 어제 정보가 들어와서 이따가 알려 드릴 참이었는데……!"

"내가 죽였으니까 알지."

"그러니까요. 주군께서 죽였으니까……? 예?"

무심결에 대답하던 석자문이 두 눈을 크게 부릅뜨며 말을 더듬었다.

"주, 주군께서 혀, 혈목사마 다, 담황을 죽였다고요?"

설무백은 눈총을 주었다.

"목소리 좀 낮추지? 동네방네 다 소문내려고 그래?"

석자문이 움찔 놀라서 주변을 둘러보고는 이내 어깨를 낮

추고 고개를 숙이며 소곤거렸다.

“아니, 그걸 왜 이제야 말해 주시는 거예요. 저는 그것도 모르고 아주 큰 건 하나 잡았다고 좋아서 자랑하려 했는데……!”

“오늘 만났으니까 이제야 말해 주지 그럼 어떻게 말해 줘? 그런 얘길 전서로 알려 줄까?”

설무백은 그날 이후 석자문을 처음 만나는 것이다.

“아, 그러고 보니 또 그렇긴 하네요. 하하……!”

석자문이 머쓱하게 웃고는 다시금 새삼스러운 눈빛으로 설무백을 바라보며 감탄했다.

“아무려나, 정말 놀랐습니다. 주군의 실력이야 인정하는 바지만, 천하의 무림사마를……!”

“말 또 옆으로 샌다.”

설무백은 새삼 눈총을 주고는 어긋난 말문을 바로잡았다.

“아무튼, 그에 더해서 팔황신마 냉유성 역시 생각할 건더기도 없어. 전부터 사도진악과 호형호제하며 잘도 붙어먹었으니까. 그래서 내가 가장 마음에 걸리는 게 흑선궁의 사왕 부금도인데…….”

잠시 말꼬리를 늘인 그는 정말이지 아무리 생각해도 잘 모르겠다는 표정으로 인상을 찌푸리며 석자문을 향해 말했다.

“네가 한번 파 봐. 비접이 보내온 전서의 내용만 가지고는 이해할 수 없는 부분이 너무 많아서 그래.”

석자문이 곤혹스러워했다.

"안에 있는 사람의 말을 듣고도 그러시는데 제가 뭘 어떻게……?"

설무백은 피식 웃으며 말했다.

"원래 하오문이 하던 대로 그냥 밖에서 살피면 돼. 나무만 보면 숲이 안 보이고, 숲만 보면 나무가 안 보인다잖아. 아무래도 둘 다 보고 판단하는 게 나을 테지."

석자문이 이제야 이해하고는 반색하며 대답했다.

"알겠습니다! 그거야 우리 애들 특기고 장기죠!"

"그리고 하나 더!"

설무백은 잘라 말했다.

"구대문파도!"

설무백이 이전과 달리 하오문까지 동원해서 굳이 구대문파의 동향을 살피려는 이유는 마황동의 사건이 주효했다.

마황동의 생존자들이 돌아간 이후, 무림맹은 그야말로 혼란의 도가니로 변했다는 얘기를 들었다.

다들 저마다 이번 사건에 대한 책임 소재를 찾느라, 더 나아가서 서로에게 책임을 떠넘기느라 혈안이 되어서 그렇다는데, 이채로운 것은 제갈세가도 그중의 하나라는 사실이었다.

마황동의 생존자들이 배반자라고 생각한 군사 천애유사 제갈현도는 기실 인사불성의 몸으로 먼저 무림맹에 도착해서 아직까지도 혼수상태의 몸이었고, 그 바람에 제갈세가에서는 오히려 마황동의 생존자를 의심하고 있어서 작금의 무림맹이 더

욱더 혼란스럽다는 것이다.

그러나 설무백은 구대문파의 동향을 살피려는 것은 그와 같은 무림맹의 상황과는 적잖게 거리가 있었다.

하루아침에 구심점을 잃은 무림맹은 내부의 알력과 상관없이 당분간은 섣부른 움직임을 삼가야 했다.

적어도 새로운 맹주를 선출하고 그에 따른 지휘 계통을 확립하기까지는 그래야 하는 것이 옳았다.

맹주의 죽음은 차치하고, 적의 함정에 빠져서 무림맹의 중핵을 이루는 고수들이 절반 이상이나 죽어 버린 마당에 새로운 지휘 계통조차 확립하지 못한 채 섣불리 나섰다가 제이, 제삼의 함정이나 공격에 빠지게 된다면 이번에는 그야말로 무림맹의 와해로 직결될 수 있었다.

하지만 구대문파는 달랐다.

물론 이는 무림맹에 파견 나간 구대문파의 제자들이 아니라 그들의 본산을 두고 하는 말이었다.

이유 여하를 막론하고 구대문파는 이번 마황동의 사건을 통해서 자신들이 얼마나 불리한 상황에 처했는지, 아니, 얼마나 궁지에 몰려 있는지 충분히 깨달았을 텐데도 일체의 움직임을 보이지 않고 있었다.

장문인을 잃은 문파는 분노해서라도 대번에 나서야 했고, 그렇지 않은 문파는 늘 입에 달고 사는 정의 수호를 위해서 기꺼이 추가 지원을 늘려야 했다.

그런데 구대문파의 그 어디도 모종의 조치를 취하기는커녕 그러려는 기미조차 보이지 않고 있었다.

이는 둘 중 하나였다.

구대문파의 내부가 이미 마교의 간세들에게 장악당한 것이든지, 아니면 마황동의 경우처럼 이번에도 그들만의 계획을 세우고 있는 것일 터였다.

물론 후자보다는 전자일 가능성이 더 높기는 했다.

점창파의 본산이 불탄 이후에는 그 어떤 마교의 무리도 구대문파의 본산을 공격하지 않고 있기 때문이다.

천사교가 마교의 무리라는 것을 드러냈을 정도로 마교의 발호가 명확해진 것이 작금의 상황에서 이건 실로 쉽게 납득하기 어려운 일이었다.

아무리 따져 봐도 이건 마교의 내부에 조장된 알력이 생각보다 더 심각한 수준이라고 밖에는 달리 생각할 수가 없었다.

그래서였다.

설무백은 구대문파의 상황이 어떻든지 간에 작금의 기회를 놓치고 싶지 않았다.

구대문파가 무너지면 마황동의 사태로 흐트러진 무림맹의 재건은 두말할 것도 없고, 강호무림 자체가 흔들릴 수밖에 없었다.

이러니저러니 해도 구대문파는 정도의 하늘이요, 강호무림을 떠받히는 기둥인 것이다.

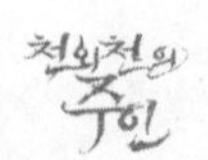

그런 측면에서 볼 때, 마교가 다른 문파들과 달리 하오문을 안중에도 두지 않고 있다는 것은 실로 다행스러운 일이었다.

모르긴 해도, 하오문이 유구한 역사를 자랑함에도 전통적으로 강호무림의 강자인 개방과 비교할 수 없을 정도의 하류조직이라는 인식이 배어서일 것이다.

하오문은 마교가 발호한 이후에도 개방과 달리 운신의 폭이 전혀 좁아지지 않았다.

"……그래도 혹시 모르니 주의를 게을리 하지 마! 여차하면 구대문파에 대한 감시도 가차 없이 끊어 버리고!"

"주군도 참, 시작도 하기 전에 끊으라시면 저보고 어쩌라는 겁니까? 걱정하지 마십시오! 이번에야말로 잡초보다 더 지독한 근성으로 살아남은 우리 하오문의 저력을 제대로 보여 드리겠습니다!"

설무백의 명령을 들은 석자문은 그렇게 다부진 의지를 드러내며 자리를 떠났다.

그리고 석자문이 떠나기 무섭게 공야무륵 등이 돌아왔다.

앞서 그의 명령에 따라 천보각을 처리하고 돌아온 것이다.

"다녀왔습니다."

설무백은 머리카락 하나 흐트러지지 않은 모습으로 돌아와서 보고하는 공야무륵 등의 모습을 보고는 그저 말없이 고개를 끄덕이며 자리를 털고 일어났다.

확인은 괜한 짓이었다.

창밖 저 멀리서 불타오르는 천보각의 모습이 모든 것을 말해 주고 있었다.

"흑점으로 가자!"

⁂

사람은 누구나 다 자신이 세상의 주인이라고 생각한다.

자신이 있어야 세상이 존재하는 것이지 세상이 있어서 자신이 존재한다고는 절대 생각하지 않는다.

따라서 세상은 누가 보느냐에 따라서 다르다.

하루 세끼 늘 주지육림(酒池肉林)으로 식사를 하는 황제가 언제나 식은 피죽으로 끼니를 때우는 천민의 세상을 알지 못하는 것처럼, 언제나 식은 피죽으로 끼니를 때우는 천민은 하루 세끼를 늘 주지육림으로 해결하는 황제의 세상을 알지 못하는 것과 같은 이치다.

작금의 세상도 그랬다.

마교의 무리가 발호해서 기승을 부린다고 하나, 그것이 오랜 가뭄의 여파로 매일매일 끼니를 걱정하는 천민들에게 끼치는 영향은 거의 없었다.

아니, 없지는 않겠지만 적어도 당사자인 천민들은 거의 느끼지 못하고 있었다.

하도 뒤숭숭한 시국이라 도적이 늘어난다지만, 그게 어제오

늘 일도 아닌데다가 그런 도적들도 있는 사람을 털지, 없는 사람을 털지는 않기 때문이다.

그리고 그런 세상 속에서 마교의 무리는, 바로 중원에 들어와 있는 천사교는 그다지 나쁜 평판이 아니었다.

그럴 수밖에 없었다.

그들이 싸우는 상대는 힘없는 백성이 아니라 평소 백성들이 눈치를 보며 살던 무림인들이었다.

게다가 그들은 시시때때로 백성들을 위한 재초(齋醮)를 올리고, 부족한 식량을 나누어 주는 등 배민 활동을 하고 있었다.

하다못해 불안한 정세로 인해 관부의 힘이 무력해진 지역에서는 치안을 책임져 주기도 했다.

그리고 그 여파는 실로 컸다.

놀랍게도 하북성의 소오현을 등지고 남향을 시작한 설무백 등이 하남성의 성 경계에 도착하기까지 관도에서 또는 외딴 길목에서 만난 강도나 마적, 산적들이 거의 다 천사교의 이름을 팔고 있었다.

정확히는 두 무리를 제외한 나머지 무리가 전부 다 자신들은 천사교들이며, 매번 수입의 일정 금액을 교단에 상납한다고 주장했다.

천사교는 이미 알게 모르게 녹림의 영역마저 침범해 들어간 상태인 것이다.

그 때문이었다.

설무백 등은 하북성의 소오현에서부터 하남성의 성 경계를 넘어서 황하에 도착하기까지 무려 열흘이라는 시간이 걸렸다.

와중에 행로를 벗어나서 대소 열두 곳이나 되는 천사교의 지부를 박살 내려니 그럴 수밖에 없었다.

녹림을 돕고자 하는 마음은 없었으나, 천사교의 확장은 그대로 간과할 수가 없었기 때문이다.

그런데 흑점에 도착한 설무백이 그와 같은 얘기를 털어놓자, 연락을 받고 모여 있던 야제와 흑천신, 유령노조 등은 그보다 더 충격적인 사실을 알려 주었다.

"그건 약과다. 흑점의 상점 사십여 곳이 폐쇄되었다. 여덟 곳 정도는 우리가 미리 나서서 문을 닫았지만 나머지는 다 놈들의 공격으로 초토화된 거다."

흑점이 중원 전역에 깔아 놓은 상점은 팔십여 곳이었다.

흑점이 보유한 상점의 절반이 사라졌다는 얘기였다.

"전엔 그런 말씀 없었잖아요?"

"그러니 그사이라고 했잖아. 사제 내가 다녀간 이후에 그리 된 거야."

설무백은 놀라지 않을 수 없었다.

다른 누구보다도 흑점의 힘을 잘 아는 그이기에 더욱 놀랄 수밖에 없었다.

"천사교입니까?"

야제가 대답 대신 흑혈을 바라보았다.

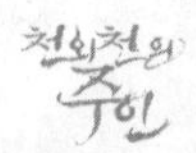

그의 시선을 받은 흑혈이 쓰게 입맛을 다시며 말했다.

"천사교가 나선 것은 분명한데, 전부 다는 아닙니다. 일부는 천사교가 아닌 다른 녀석들에게 당했다는 보고가 들어왔고, 제가 가 본 곳도 그랬습니다. 여기저기 남은 흔적을 살펴봤더니만, 천사교 애들의 수법과는 조금 달랐습니다. 전 지역을 다 돌아본 것이 아니라 확실하진 않지만, 얼추 삼 할가량이 그런 것 같습니다."

유령노조가 말을 받았다.

"분명 공조는 아니지만, 아주 조직적으로 치밀하게 움직이고 있는 것만큼은 확실하다. 그 많은 상점이 공격당했는데, 사전에 알고 대처한 곳이 단 한 곳도 없었다."

"그럼 생존자는?"

"없다. 각 상점에는 한 명의 점주와 두 명의 관사, 네 명의 사자들이 상주하는데, 고작 점주 하나와 관사 하나만 겨우 살아서 돌아왔다."

"음."

설무백은 절로 침음을 흘렸다.

흑혈이 불타오르는 눈으로 빠드득 소리가 나도록 이를 갈며 씹어뱉듯 말했다.

"필히 대가를 치르게 할 겁니다! 무슨 욕을 먹더라도, 나중에 어떤 천벌을 받게 되더라도 반드시 복수를 완수해서 흑점을 건드린 것을 뼈저리게 후회하도록 만들어 줄 겁니다! 그때

가선 후회해도 이미 늦을 테지만 말입니다!"

설무백은 묵묵히 고개를 끄덕였다.

흑혈의 말에 전적으로 동의하는 것이 아니지만, 흑혈만이 아니라 야제와 흑천신, 유령노조 등의 눈빛도 가없는 분노에 타오는 것을 보자 얼마든지 그렇게 될 수도 있다는 생각이 들었다.

하긴, 돌이켜 보면 예전부터 흑점이라는 이름 앞에는 늘 피와 죽음이 따라다녔다.

태생적으로 흑점은 그랬다.

굳이 따진다면 낮다고 볼 수는 없지만, 그렇다고 높다고 볼 수도 없는 것이 흑점의 무력이었다.

그렇지만 천하의 그 어떤 고수나 세력도 흑점을 상대하는 것은 꺼려했다.

아니, 두려워했다.

지닌 바 실력과 별개로 천하제일을 논할 정도의 독종이자, 악귀가 바로 그들이었기 때문이다.

무엇보다도 흑점은 절대 원한을 잊지 않았다.

자신들을 건드리는 자가 있으면 절대 용서하지 않고 피의 복수를 감행했다.

그리고 그 복수를 성공하기 위해서라면 가능한 모든 수단과 방법이 동원했고, 그 어떤 희생도 감수했으며, 그 어떤 비난도 웃어넘겼다.

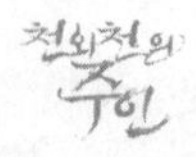

그래서 흑점은 무서웠다.

강호무림의 그 어떤 고수도 그들을 두렵게 생각하지 않는 이가 없었다.

원한을 절대 잊지 않으며 복수를 위해서라면 천하에 다시 없을 지옥의 악귀가 되어 버리는 자들이 어찌 두렵지 않을 것인가.

'그 옛날 마도 천하 아래서도 흑점은 장사를 했다지 아마?'

설무백은 문득 그런 생각이 들어서 혹시나 하며 물었다.

"나머지 상점들은 어떻게 했어요?"

"어떻게 하긴?"

야제가 대수롭지 않게 대꾸했다.

"장사 잘하라고 그랬지."

설무백은 내심 고소를 금치 못하며 물었다.

"장사를 계속하시겠다고요?"

야제가 미간을 찌푸리며 되물었다.

"하지 말라고?"

"아니, 그게 아니라 무슨 다른 대책은 세워야 할 것 같아서요."

"안 그래도 그래서 사제를 기다리고 있었어."

"예?"

"대책 좀 세워 주라고."

"……."

설무백은 예기치 않던 말문이 막혀서 오만상을 찡그리다가 자신보다 더 심하게 오만상을 찡그리고 노려보는 야제를 보고는 픽 웃으며 말했다.

"대신 나도 부탁 하나 있어요."

야제가 반색하며 물었다.

"명색이 사형인데 사제의 부탁 하나 못 들어 주겠나. 뭔지 어서 말해 봐."

설무백은 심도 깊은 눈빛으로 야제와 흑천신, 유령노조를 차례대로 쳐다보며 말했다.

"사형만이 아니라 두 분도 들어줘야 해요."

흑천신과 유령노조가 미심쩍은 표정으로 미간을 찌푸리는 가운데, 야제가 두 말하면 잔소리라는 듯 고개를 끄덕이며 재촉했다.

"내가 들어주면 쟤들도 당연히 들어주는 거니까 뜸들이지 말고 어서 말해 봐. 무슨 부탁인데 그래?"

설무백은 그래도 입을 다문 채 흑천신과 유령노조를 바라만 보고 있었다.

대답을 재촉하는 눈빛이었다.

흑천신과 유령노조가 어쩔 수 없다는 듯 고개를 끄덕였다.

"들어줄 테니, 말해 봐."

"'들어 보고 나서…….'라고 하면 끝내 그 모습으로 버틸 테니 어쩔 수 없지. 나도 들어주도록 하지."

설무백은 그제야 무심하게 터놓고 말했다.

"제가 제법 쓸 만한 애들을 좀 키우고 있는데, 어째 쓸 만한 절기가 좀 부족하네요. 그러니 세 분이서 더도 말고 덜도 말고 딱 하나씩만 주세요. 물론 아주 쓸 만한 절기로요. 다들 가능하시죠?"

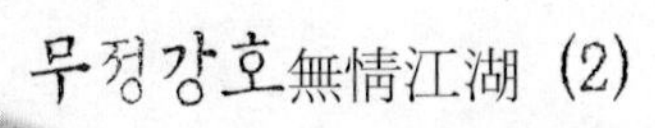

무정강호無情江湖 (2)

사실 설무백은 아무런 조건 없이 그냥 도와줄 수도 있었다.

어차피 그가 흑점을 방문한 이유는 마교의 발호를 의식해서 그게 무엇이든 도우려는 것이었지 도움을 받기 위해서가 아니기 때문이다.

다만 그냥 돕자니 왠지 모르게 밋밋하고 적잖게 어색했다. 그래서 절기를 나누어 달라는 조건이었다.

야제 천공수의 무공이야 거의 대부분이 그도 알고 있는 것일 테니 그냥 덤이라고 치고, 흑천신과 유령노조의 절기가 목적이었다.

그들의 절기를 풍잔의 식구들에게 또는 하오문의 형제들에게 전수한다면 향후 풍잔과 하오문은 흑점과 매우 돈독한 사이를 유지할 수 있지 않을까 하는 것이 설무백의 은근한 욕심이었다.

그런 설무백의 마음을 아는지 모르는지, 흑점의 삼태상인 야제와 흑천신, 유령노조는 흔쾌히 그의 제안을 수락했다.

흑점의 총관이기 이전에 그들 삼태상의 공동전인인 흑혈도 주저하지 않고 바로 찬성했다.

실질적으로 흑점의 모든 대소사를 총괄하고 있는 흑혈의 입장에선 다른 누구보다도 설무백의 도움을 절실하게 기대했을 터였다.

흑혈은 야제 등과 더불어 흑점에서 설무백의 진정한 실력을 아는 몇 안 되는 사람 중의 하나인 것이다.

그래서 모든 일이 일사천리로 진행되었다.

야제와 흑천신, 유령노조는 각기 저마다 아끼는 절기 하나씩을 설무백에게 주었고, 설무백은 그에 대한 대가로 한 가지 약속을 했다.

향후 흑점의 사자들을 그가 책임지고 교육해서 능력을 향상시켜 주겠다는 약속이 바로 그것이었다.

그리고 그 약속에는 흑점의 사자들을 총괄하는 흑혈도 포함되어 있었다.

"저도요?"

설무백의 말을 들은 흑혈은 오묘한 표정이 되었다.

내심 기쁘기도 하고 못내 호기심도 들지만, 사부들 앞이라

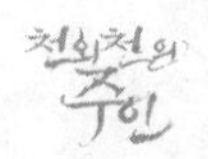

애써 내색을 삼가는 표정이었다.

설무백은 대답 대신 물었다.

"여기 좀 아늑하고 은밀한 장소 없어? 연공실이나 연무실 같은 장소?"

있었다.

흑혈은 대번에 실무백의 생각을 읽은 듯 기꺼이 그곳으로 안내했다.

"왜 없겠습니까. 당연히 있죠. 따라 오십시오."

설무백이 나서자, 야제와 흑천신, 유령노조도 뒤를 따라왔다. 그렇게 그들이 도착한 장소는 춘래객잔의 지하였다.

춘래객잔의 후원에 자리한 별채를 통해서 지하로 내려가자, 대략 삼십여 평의 공간이 나왔다.

천장을 비롯한 사방이 거무튀튀한 강철판으로 꾸며진 연무실이었다.

설무백과 야제 등이 흑혈의 뒤를 따라서 연무실 안으로 들어서자, 공야무륵이 언제나처럼 누구 허락을 받을 것도 없다는 듯 거침없이 당당하게 들어와서 설무백의 뒤에 시립했다.

암중에서 따르던 요미와 흑영, 백영이 귀신처럼 홀연하게 모습을 드러낸 것은 그다음이었다.

요미는 공야무륵의 한쪽 어깨를 의자처럼 다리를 꼬고 앉은 모습으로, 흑영과 백영은 그 뒤에 그림자처럼 나타나서 서 있었다.

당황스럽게 일그러진 흑혈과 야제 등의 눈빛이 공야무륵의 어깨에 앉아 있는 요미에게 잠시 머물렀다.

흑영과 백영과 달리 요미의 기척은 그들도 전혀 간파하지 못했던 것이다.

흑혈이 재빨리 정신을 차리며 말했다.

"춘래객잔에는 이와 같은 연무실이 여덟 개나 있습니다. 네 개는 저와 사부님이 쓰고, 다른 네 개는 애들이 자유롭게 이용하고 있는데, 여기는 제가 사용하는 연무실입니다."

설무백은 가만히 고개를 끄덕이며 거두절미하고 말했다.

"거기 앉아 봐."

흑혈이 슬쩍 야제 등의 눈치를 보았다.

어쨌거나, 그의 사부는 그들인 것인데, 그렇다고 그들의 허락을 기다린 것은 아니었다.

그는 그저 그들의 눈치를 보며 연무실의 중앙에 자리를 잡고 앉았다.

처음에는 쪼그리고 앉다가 설무백이 인상을 쓰자 재빨리 자세를 고쳐서 가부좌를 틀고 앉은 그였다.

설무백은 그런 흑혈의 뒤로 가서 서며 말했다.

"매 할배...... 아니, 매 사부님의 모든 절기는 공공연기에 기반해야 본연의 위력을 발휘하죠. 한데, 전에 듣자 하니 매 사부님께서는 당시 사형에게 공공연기의 정화인 무상진기를 전해 주지 못했다고 하더군요. 당시에는 매 사부님의 경지도 미

처 거기까지는 도달하지 못해서 말입니다."

"……!"

야제도 그리고 흑혈도 이제야 설무백이 무엇을 하려는지 짐작한 듯 눈이 커졌다.

설무백은 그러거나 말거나 그대로 가부좌를 틀고 앉으며 흑혈의 등 뒤 명문혈에 손을 대었다.

명문혈은 생명이 걸린 사혈임과 동시에 운기를 할 때 반드시 진기가 통과하는 혈맥으로, 신체의 외부와 교통하는 주요 지점이었다.

즉, 지금 설무백은 자신의 진기로 흑혈에게 주입하려는 것이다.

그다음엔 전음이었다.

-공공연기의 정화인 무상진기를 전해 주지. 지금부터 내가 알려 주는 구결음미하며 내가 유도하는 방향으로 진기를 운기하도록!

설무백은 곧바로 무상진기의 구결을 알려 주며 흑혈의 명문혈을 통해 주입한 자신의 진기로 흑혈이 운기하는 진기를 유도하기 시작했다.

흑혈은 너무 놀란 듯 처음에는 바짝 경직된 모습으로 비지땀을 흘렸으나, 그건 아주 잠시였다.

흑혈은 과연 야제 등 삼인 절대 고수가 선택한 무재답게 곧바로 평정심을 되찾으며 설무백의 진기가 유도하는 방향으로 자신의 진기를 운기하며 이내 몰아지경으로 빠져 들어갔다.

그렇게 얼마의 시간이 흘렀을까?

얼추 한 시진은 넘어갔으나 두 시진은 아직 안 된 시점이었다.

내내 지그시 눈을 감고 있던 설무백은 한순간 눈을 뜨며 흑혈의 명문혈에 대어진 손바닥을 떼고 물러났다.

"과연 흑점의 후계자로 손색이 없는 사람이네요. 무상진기의 구혈은 워낙 난해해서 적어도 한나절은 예상했는데, 벌써 혼자서 운기가 가능할 정도로 구결을 이해했어요."

야제가 멋쩍게 웃으며 말을 받았다.

"저 녀석이 그쪽 방면으로 뛰어나긴 해. 그쪽 방면으로 욕심이 너무 많아서 탈이지. 그래서 사십도 안 된 것의 몰골이 저 지경이잖아. 이것저것 다 익히다가 결국 색공까지 익힌답시고 개지랄을 떨다가 말이야."

설무백은 그저 웃어 넘겼다.

육십대로 보이는 흑혈이 사실은 삼십대 중반의 나이고, 그렇게 폭삭 늙어 보이는 이유가 지난날 모종의 색공을 익히려고 과욕을 부리다가 주화입마에 빠졌었기 때문이라는 사실을 전날 들어서 익히 잘 알고 있었기 때문이다.

"그보다 우리 애들 교육은 어떻게 할 거지? 애들이 다들 여기저기 나가 있어서 한꺼번에 교육하기에는 무리가 좀 있으니, 내가 어떻게 따로 몇 명씩 추려서 사제에게 보내 줄까?"

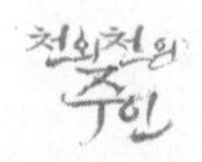

"그럴 필요 없습니다. 여기서 할 생각이니까요."

"여기서? 그럼 앞으로 사제가 여기 머물겠다는……?"

"아니요. 교육은 제가 아니라 다른 사람이 할 겁니다."

야제의 표정이 살짝 일그러졌다.

흑천신과 유령노조도 상당히 마뜩찮은 표정이었다.

"다른 사람이 우리 애들을 가르칠 거라고?"

"예. 쓸 만한 무공교두를 생각해 두고 있습니다."

"자네가 알지 모르겠지만, 우리 애들은 우리가 직접 선별해서……!"

"무슨 말인지 압니다."

설무백은 무슨 말이 나올지 이미 예상하고 있었기 때문에 더 듣지 않고 말을 끊고 재우쳐 말했다.

"사형과 노 선배들의 마음에 들 만한 친구들일 겁니다. 마음에 들지 않으면 그대로 돌려보내도록 하지요."

이렇게까지 말하는데 어느 누가 막무가내로 거절할 수 있을 것인가.

야제 등도 그저 일말의 여지를 남겨 두는 것으로 만족하며 더는 반대하지 못하고 물러났다.

"어디 한번 믿어 보도록 하지."

설무백은 적잖게 찜찜해 보이는 기색인 야제 등의 기분을 풀어 주기 위해서 기꺼이 한마디 더했다.

"어째 꺼림칙한 모양이신데, 대신 쓸 만한 눈 하나 드리죠."

"쓸 만한 눈……?"

야제를 비롯한 삼태상 모두가 어리둥절한 눈치로 설무백을 바라보았다.

그때 밖에서 서두르는 인기척이 들리더니, 이내 덥수룩한 수염을 기른 사내 하나가 뛰어들어 와서 보고했다.

"대당가를 찾는 손님이 오셨는데……?"

털보 사내의 시선이 설무백에게 고정되었다.

"하오문의 제자라는뎁쇼?"

흑점을 방문한 흑점의 제자는 일남일녀, 두 사람이었다. 바로 하오문의 중추라고 말할 수 있는 구룡자의 막내인 녹산예와 구룡자의 예하에서 하오문도들을 관리하는 십이재의 수좌인 일청도인이었다.

"뭐야? 동방에 갔다는 사람이 둘이었어?"

"아니, 거긴 저 혼자…… 아무래도 정보를 수집하는 건 사내보다 계집이 수월하거든요."

자리를 옮긴 객청이었다.

설무백의 질문과 녹산예의 대답이 끝나기 무섭게 좌중의 모두가 알게 모르게 헛기침을 했다.

녹산예의 언행 때문이었다.

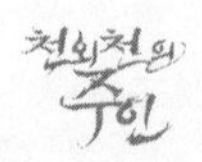

하오문에 소속된 기녀들의 대모인 그녀는 빼어난 미모는 아니지만, 우수가 짙은 두 눈빛과 어울리지 않게 타고난 눈웃음의 조화로 인해 더 없이 요염하고 관능적으로 보이는 중년 미부였다.

그리고 목소리 또한 예사롭지 않게 끈끈해서 누구든 처음 대하는 사람은 다들 지금과 같은 반응을 보이곤 했다.

그런데 이번에는 정도가 조금 심했다.

설무백은 그 이유를 대번에 간파하고는 은연중에 눈살을 찌푸렸다.

"산예!"

녹산예가 멀뚱거리는 눈으로 설무백을 보다가 뒤늦게 깨닫고는 교태를 부리듯 입을 가리며 웃었다.

"죄송해요. 낯선 곳에 가면 방어적으로 일단 홀리고 보는 게 습관이 돼서 그만, 호호호……!"

나직한 웃음소리와 함께 더 없이 요념하고 관능적으로 보이던 녹산예의 모습이 슬그머니 누그러지며 그저 곱상한 중년 미부의 모습으로 변했다.

그랬다.

녹산예는 객청으로 들어서는 야제 등의 범상치 않은 기색에 긴장해서 자신도 모르게 독문절기인 색공(色功)을, 그중에서도 방중비술(房中秘術)의 하나인 섭혼술을 펼쳤던 것이다.

유령노조가 감탄했다.

"실로 보통의 것으로는 보이지 않는 섭혼술이군. 대체 누구를 사사한 겐가?"

녹산예가 대답에 앞서 설무백을 보았다.

그리고 설무백이 고개를 끄덕이는 것으로 허락하자 말했다.

"우연찮게 제혼금랑(制魂琴郞) 사사미(舍史美) 어른의 제혼술을 얻는 기연이 있었습니다."

유령노조의 눈이 커졌다.

야제 등 다른 사람들도 적잖게 놀란 기색이었다.

그도 그럴 것이, 제혼금랑 사사미는 과거 백여 년 전에 취선요희(醉仙妖姬) 예청청(芮淸淸)과 더불어 천하이대우물(天下二大尤物)로도 불리던 색공의 대가(大家)인 요녀였기 때문이다.

"과연……!"

유령노조에 이어 과묵한 흑천신조차 감탄하고 있었다.

설무백은 주변의 반응에 새삼 고소를 금치 못하다가 이내 일청도인에게 시선을 주며 끊어졌던 대화를 다시 이어 나갔다.

"그래서 왜 둘이 왔다는 거야?"

일청도인이 평소 길흉화복을 점치는 점쟁이답게 충고나 조언을 하는 듯한 말투로 대답했다.

"용군께서 잘 모르시는 모양인데, 요즘은 어디를 가도 여자 혼자 길을 갈 수 있는 세상이 아닙니다."

설무백은 일청도인의 말을 듣고 나서야 깨달았다.

그리고 보니 근자에 들어서 그 역시 어디를 가도 혼자서 길

을 가는 여자를 본 적이 단 한 번도 없었다.

"그렇군."

설무백은 멋쩍게 웃고는 잠시 녹산예를 바라보며 뜸을 들였다.

천마공자에 대한 얘기를 이 자리에서 해도 좋을지 망설여졌다.

그때 야제가 알겠다는 듯 손뼉을 치며 나섰다.

"아, 그 눈이 그 눈이었군!"

그는 자신에게 집중되는 모든 시선을 무시하며 설무백을 향해 재우쳐 물었다.

"하오문과 우리가 붙어먹을 수 있게 아니, 그러니까, 손을 잡을 수 있게 해 주겠다는 거였어! 그렇지?"

설무백은 절로 한숨을 내쉬었다.

"참, 일찍도 아십니다!"

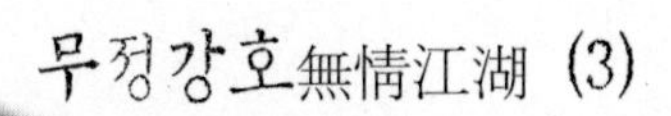
무정강호無情江湖 (3)

녹산예와 대화는 자리를 옮겨서 진행되었다.

아무리 생각해도 자신과 천마공자의 관계에 대한 문제는 조금 더 신중하게 처리할 필요가 있는 것이 설무백의 판단이었다.

만에 하나 그가 천마공자의 핏줄이라는 것이 사실로 드러나고, 그것을 주변의 모두가 알게 된다면 실로 난감한 일이었다.

그러나 결론적으로 말해서 녹산예의 보고를 듣고 달라진 것은 없었다.

직접 해동에 다녀온 그녀의 보고도 사전에 보낸 전서의 내용과 별반 차이가 없었기 때문이다.

과거 당시의 상황을 종합해 보면 설무백이, 아니, 정확히는 설무백이 환생한 육체가 천마공자의 혈육일 가능성은 충분 하나, 여전히 확신할 수는 없다는 것이 설무백의 결론이었다.

그래서였다.

설무백은 거기서 멈추기로 결정했다.

어차피 그는 태생적으로 설명될 수 있는 존재가 아니었다.

천하의 그 누구도 환생을 믿지는 않을 것이기 때문인데, 그런 마당에 육체의 주인을 찾는다고 해서 달라질 것은 무엇이란 말인가.

아니, 달라지긴 할 것이다.

가뜩이나 복잡한 인생이 더욱 복잡하게.

그러고 싶지 않았다.

"먼 곳까지 가서 고생했다. 그런데 한 가지 더 해 줄 것이 있다."

녹산예는 진중한 설무백의 태도에 압도당한 듯 재빨리 의자에서 내려와서 바닥에 엎드려 머리를 조아렸다.

"분골쇄신, 최선을 다할 테니, 어서 하명하십시오!"

설무백은 무심한 듯 냉정한 어조로 명령했다.

"가서 보고 들은 것을 다 잊어라! 너는 거기 가지 않은 거다!"

녹산예가 일말의 주저함도 없이 대답했다.

"알겠습니다! 저는 거기 가지 않았습니다!"

설무백은 슬쩍 시선을 돌려서 한쪽에 시립해 있는 일청도인

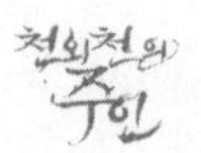

을 바라보았다.

일청도인이 능청스럽게 웃으며 먼저 말했다.

"저는 원래 거기 가지 않았습니다."

설무백은 그제야 만족하며 녹산예와 일청도인을 돌려보았다. 그리고 야제와 흑천신, 유령노조가 기다리는 대청으로 돌아가서 잠시 향후 대책을 논의한 다음, 무림맹으로 향했다.

사전에 아무런 연락도 취하지 않고 간 것이나, 설무백을 막거나 제지하는 사람은 없었다.

오히려 더 없이 극진하게 대우했다.

무림맹의 대문을 책임지는 청성파의 일대제자 유운검(柳雲劍) 금각(金慤)은 자세를 낮추고 길잡이를 자청하며 설무백이 방문하고자 하는 남궁세가의 전각으로 안내까지 해 주었다.

설무백은 그 이유를 남궁세가의 사람들을 만난 자리에서 알 수 있었다.

동석한 창궁검 남궁유진이 그것을 말해 주었다.

"어라? 우리의 영웅께서 아직 모르시나 봐? 마황동의 사건 이후, 우리 어르신들께서 그리 하기로 결정했소. 귀하는 물론, 귀하의 측근들 전부를 무림맹의 우군으로 대우하기로 말이오."

설무백은 실소했다.

어째 남궁유진의 언행이 삐딱하게 보이기도 했지만, 그에 앞서 상황 자체가 어이없었다.

"내 허락도 없이?"

"내 말이."

남궁유진이 기다렸다는 듯 맞장구를 치고는 불쑥 설무백을 향해 도발적으로 얼굴을 내밀었다.

"어떻게? 나라도 나서서 없던 일로 해 줄까요?"

설무백은 아무리 봐도 남궁유진의 태도를 이해할 수 없어서 대답 대신 살짝 일그러진 눈초리로 바라보았다.

남궁유진의 태도가 진심이 아닌 것은 눈에 보였다.

그렇다고 장난도 아니었다.

마치 무언가 짜증이 나서 화를 내고 있는 것 같았다.

그는 물었다.

"뭐가 불만이지?"

남궁유진이 대답 대신 냉소를 날리며 이젠 아주 대놓고 비아냥거리며 도발했다.

"생각보다 더 음흉한 작자로군. 대체 무슨 생각으로 이렇게 시치미를 떼는 거지?"

이건 너무 심하다고 생각했는지 남궁유아가 눈살을 찌푸리며 제지했다.

"밖으로 내쫓기고 싶지 않으면 그만하지?"

남궁유진이 그래도 그냥 물러나지 않을 것처럼 잔뜩 심통이

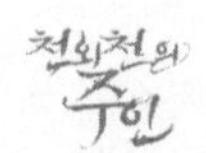

난 표정으로 남궁유아를 바라보았으나, 싸늘하게 변한 그녀의 눈빛을 마주하고는 '끙' 하고 침음을 흘리며 물러나 앉았다.

다만 설무백은 그것으로 만족하지 않고 사뭇 냉담하게 말했다.

"말해 보시오. 납득할 만한 설명이 없다면 난 이만 돌아가겠소."

남궁유아가 슬쩍 남궁유화를 바라보았다.

남궁유화가 어깨를 으쓱했다.

"내 눈치를 왜 봐? 의심이든 뭐든 내키지 않는 것이 있으면 각자 알아서 풀어. 전에 말했다시피 나는 그저 그럴 수 있다고 생각하니까 침묵하고 넘어가는 것뿐이니까."

대체 무슨 대화를 나누는 것인지 모르겠지만, 남궁유아가 그제야 홀가분한 기색으로 변해서 설무백을 향해 말했다.

"아는지 모르겠지만, 이제 무림맹은 노장파와 소장파로 나뉘었어요. 전부터 그런 기미가 어느 정도 있었는데, 마황동의 사건 이후 그 선이 확실하게 그어졌죠."

이해할 수 있는 일이었다.

마황동의 사건은 윗선인 노장파들이 숙덕숙덕 자기들끼리만 논의하고 극비리에 처리한 문제였다.

그런데 그 자체가 함정이었고, 전멸에 가까운 막대한 피해를 보았다.

뒤늦게 사태의 진실을 마주한 소장파들의 입장에선 실로 반감이, 아니, 배신감이 적지 않았을 터였다.

하지만 그게 지금 남궁유진이 화를 내는 것과 무슨 상관이라는 것일까?

“그래서? 그게 저 친구가 내게 화를 내는 것과 무슨 상관이라는 거지?”

“상관이 있어요.”

남궁유아가 재우쳐 부연했다.

“마황동의 사건으로 인해 노장파든 소장파든 무림맹의 모두가 당신을 인정하게 됐어요. 노장파야 당신의 도움으로 인해 마황동으로 갔던 인물들이 전멸을 면했으니 당연한 태도였고, 소장파는 그 덕분에 당신의 존재를 알게 되었으며, 인정하게 되었죠. 물론 우리를 제외한 다른 친구들을 말하는 거예요.”

설무백은 순간적으로 뇌리를 스치는 것이 있었다.

“당신들이 소장파의 분위기를 주도했겠군.”

남궁유아가 부정하지 않았다.

“그래요. 기회라고 생각했거든요. 다수의 백선을 끌어들일 수 있는 기회요.”

“그런데 그게 모종의 이유로 틀어졌고…….”

설무백의 시선이 여전히 불만스러운 태도를 취하고 있는 남궁유진에게 돌려졌다.

“그게 저 친구를 저리 화나게 했다는 소리군.”

남궁유아가 고개를 끄덕이며 말을 받았다.

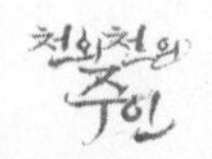

"노장파에서 당신을 무림맹으로 끌어들이려고 했어요."

사실을 말하자면 전부터 무림맹의 몇몇 존장들 사이에서는 그런 계획이 있었다고 했다.

하지만 번번이 또 다른 몇몇 존장들의 반대로 막혔는데, 이번 마황동의 사건으로 인해 반대파들도 마음을 돌렸다는 것이다.

"그런데 단칼에 거절당했죠. 무림맹의 결정을 들고 풍잔으로 갔던 종남파의 장로 천성쾌검(天星快劍) 상비종(尙秘宗)의 말에 따르면 당신은 만나 보지도 못하고 문전에서 거부당했다고 하더군요."

설무백은 여전히 이해할 수 없어서 고개를 갸웃했다.

"그럼 결국 내가 무림맹이 내미는 손을 내쳐서 당신 동생이 저리 화를 내고 있다는 건가?"

"아니요."

남궁유아가 고개를 저으며 대답했다.

"그게 아니라 그다음에 무림맹의 소장파가 보낸 사절마저 같은 꼴로 문전박대를 당했거든요. 노장파의 손을 뿌리친 것은 소장파를 지원하기 위함이라고 생각했는데, 사실은 그게 아니었던 거죠."

설무백은 새삼 절로 실소했다.

"그러니까, 제멋대로 내 의중을 파악했는데 알고 보니 그게 아니라서 저리 잔뜩 골이 난 거다?"

그는 슬쩍 남궁유진을 쳐다보며 물었다.

"애냐?"

남궁유진이 발끈했다.

"말을 그리 함부로 하지 마시오!"

설무백은 눈살을 찌푸리며 경고했다.

"너야말로 함부로 나대지 마라. 그러다 다친다. 제멋대로 남의 의중을 파악해 놓고 그게 아니라서 화를 내는 게 정상이냐? 잘난 누이들 밑에서 배운 게 고작 그거야? 요즘은 애도 안 그래."

"익!"

남궁유진이 울컥한 듯 자리를 박차고 일어났다. 아니, 일어나려고 하다가 엉거주춤한 자세로 굳어졌다.

그렇게 하지 않을 수 없었다.

분명 아무런 기척도 없었는데 차가운 기운을 풍기는 물체가 그의 목젖에 붙어 있었다.

그리고 들려오는 싸늘한 위협!

"죽고 싶냐?"

요미였다.

일체의 소리 없이 설무백의 그림자를 벗어난 그녀가 어느새 남궁유진의 뒤로 돌아가서 무림십대흉기의 하나인 혈마비를 목에 댄 것이다.

남궁유진의 얼굴이 사색으로 변한 가운데, 남궁유아가 자리를 박차고 일어나서 요미를 질타했다.

"장난이 너무 심하군!"

요미는 사뭇 위협적인 남궁유아의 반응을 보고도 전혀 신경 쓰지 않았다.

그저 힐끗 쳐다보며 같잖다는 듯 피식 웃을 뿐이었다.

남궁유아의 안색이 싸늘하게 변하는 그때, 설무백이 나섰다.

"장난으로 보이나?"

남궁유아가 한 방 맞은 표정으로 설무백을 바라보았다.

"장난이 아니면? 이게 진심이다?"

설무백은 무심하게 대답했다.

"나랑 내기할래? 지금 내가 저 아이에게 죽이라고 명령을 내릴 수 있나 없나?"

남궁유아가 허리의 칼자루를 잡은 채 싸늘하게 가라앉은 눈빛으로 남궁유진의 목에 칼을 대고 있는 요미와 묵묵히 팔짱을 끼는 설무백을 번갈아 보았다.

요미는 너무나도 맑고 투명해서 차라리 요사스럽게 보이는 눈빛으로 그녀의 시선을 마주하며 빙그레 웃고 있었고, 설무백은 어디까지나 방관자처럼 무심해 보이는 모습이었다.

'저건 뭐든 시키면 다할 요물!'

하지만 설무백은 도무지 단정하기 어려웠다.

그녀는 절로 마른침을 삼키며 애써 마음을 다잡고 설무백의 시선을 마주했다.

사력을 다해서 설무백의 속내를 읽으려는 노력이었다.

그러나 헛수고였다.

어디까지나 무심하고 무표정한 설무백의 태도와 눈빛에서 무언가를 읽어 내기란 불가능했다.

그녀는 끝내 포기의 한숨을 내쉬었다.

"질 것 같은 내기라 하기 싫군요."

설무백은 그녀의 항복 선언을 듣고도 실로 매정하리만치 무심한 눈빛을 견지하며 말했다.

"나는 노장파건 소장파건 신경 쓰지 않아. 그런 파벌에 상관없이 그저 믿을 수 있는 사람만 믿을 뿐이지. 즉, 내가 백선이라는 이름으로 끌어들인 당신들이 소장파에 속하는 인물이라는 건 그저 우연일 뿐, 내가 소장파를 지지한다는 소리가 전혀 아니라는 뜻이야."

"음."

남궁유아가 신음과 같은 침음을 흘렸다.

설무백은 아무렇지도 않게 그런 남궁유아에 이어서 남궁유진과 남궁유화를 차례로 쳐다보며 단호하게 말을 이어 나갔다.

"다시 말하지만 내가 당신들을 백선이라는 이름으로 끌어들인 것은 내 싸움에 당신들이 필요해서지, 당신들의 싸움에 내가 나서려는 것이 아니야. 그런데 소장파의 이름으로 내게 손을 내밀었다고? 대체 그게 무슨 어이없고 황당한 짓이지?"

그는 정말 어이없고 황당하다는 표정으로 헛웃음을 흘리며 다시 말했다.

"자, 이제라도 선을 분명히 그어 두자고. 나는 당신들이 필요해서 여전히 백선을 운영할 생각이 있어. 다만 당신들이 백선의 일원이고 싶지 않다면 언제든지 그만두면 되는 거야. 나와 손잡고 다른 무언가를 도모해 보겠다는 생각은 너무 같잖으니까 꿈도 꾸지 말고 말이야."

말미에 그는 한층 더 냉정하게 가라앉은 눈빛으로 좌중을 둘러보며 물었다.

"이의 있나?"

없었다.

아니, 아직 다들 무언가를 판단할 수 있는 상태가 아닌 것으로 보였다.

다들 이처럼 냉정하고 삭막한 설무백의 태도는 전혀 예상하지 못했는지 마냥 당황스러운 얼굴로 서로서로 눈치를 보기에 바빴다.

설무백은 그러거나 말거나 무심하게 다그쳤다.

"없어?"

역시나 나서는 사람이 없었다.

다만 이제는 다들 어느 정도 정신을 추스른 듯 냉정해진 눈빛으로 설무백을 주시하고 있었다.

설무백은 그것으로 만족하며 슬쩍 남궁유진을 일별하고 그 뒤에 웅크린 요미에게 시선을 주었다.

이제 됐으니 물러나라는 의미였다.

요미가 눈치 빠르게 알아보고는 쓰게 입맛을 다시며 남궁유진의 목에 대고 있던 혈마비를 거두고 조용히 물어났다.

그리고 물러났다 싶은 순간에 한줄기 연기처럼 그 자리에서 사라졌다.

고도의 은신술을 발휘해서 순식간에 설무백의 그림자 속으로 파고든 것인데, 적어도 지금 장내에서 그런 그녀의 은신술을 간파할 수 있는 사람은 설무백 이외에 아무도 없었다.

남궁유진이 그제야 다리가 풀린 것처럼 의자에 풀썩 주저앉았다.

"큼."

뒤를 이어 남궁유아가 불만스럽지만 달리 선택의 여지가 없다는 듯 헛기침을 발하며 자리에 앉았다.

남궁유화는 그저 조용히 찻잔만 기울이고 있었다.

설무백은 그런 그녀에게 시선을 고정하며 불쑥 말했다.

"아무튼, 나를 포섭한답시고 풍잔으로 사람을 보내자는 의견이 당신 머리에서 나왔을 리는 만무하니, 소장파조차 하나로 뭉치지 못하고 반목하고 있다는 소리네. 대체 누구야, 그런 결정을 내린 자가?"

남궁유화가 마치 그 질문을 기다리고 있었던 것처럼 선뜻 들고 있던 찻잔을 내려놓으며 대답했다.

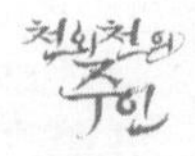

"아무래도 오해가 있는 것 같아서 미리 말해 두는 건데, 젊다고 다 소장파는 아니에요. 우리도 그래요. 우리는 그저 소장파를 백선에 끌어들이려고 했을 뿐이에요. 아무려나……."

그녀는 피식 웃으며 덧붙였다.

"그건 곤륜파의 낙화유수(落花遊手) 매옥청(梅玉淸)과 종남파의 금검수사(金劍修士) 장목(張沐), 제갈세가의 귀제갈 제갈상린 등이 주축인 소장파에서 나온 거예요. 듣자하니, 제갈상린의 의견이라고 하더군요."

설무백은 적잖게 무색해진 표정으로 남궁유아와 남궁유진을 둘러보았다.

남궁유화의 말마따나 무림맹이 노장파와 소장파로 갈라졌다는 얘기를 듣기 무섭게 그는 당연히 그들이 소장파의 일원일 것이라고 오해했던 것이다.

남궁유아가 그런 그를 향해 슬쩍 손을 들며 말했다.

"그렇다고 굳이 사과할 필요는 없어요. 내막을 알고 있으면서도 통제하지 못한 죄가 엄연히 우리에게 있으니까."

설무백은 짐짓 같잖다는 눈빛으로 쳐다보며 대꾸했다.

"누가 사과한데? 나도 그 말을 하려고 했어. 그동안 시간이 얼마나 지났는데 아직도 무림맹 내부의 알력은 고사하고 또래의 갈등조차 해결하지 못한 거야? 이거야 정말 당신들을 높게 평가하고 끌어들인 내 눈마저 의심해야 할 판이잖아."

"……."

남궁유아가 뭐 이런 사람이 다 있는지 모르겠다는 표정으로 도끼눈을 뜨고 설무백을 바라보았다.

설무백은 그게 아랑곳하지 않고 남궁유화와의 대화를 이어 나갔다.

"그리고 혹시나 해서 미리 말해 두는데, 풍잔으로 노장파의 누가 왔던 소장파의 누가 왔던 나는 모르는 일이야. 거기 없었으니까."

남궁유화의 시선이 슬쩍 남궁유아와 남궁유진에게 돌려졌다.

남궁유아와 남궁유진이 머쓱한 표정으로 변해서 그녀의 시선을 외면하며 딴청을 부렸다.

그것으로 사태가 보다 더 명확해졌다.

남궁유아와 남궁유진은 이번 사태의 중심에 설무백이 있다고 생각한 반면에 남궁유화는 애초에 설무백과 무관한 일이라고 판단했던 것이다.

설무백은 대번에 그것을 알아차렸으면서도 굳이 내색하지 않고 말문을 돌렸다.

"그보다 노장파든 소장파든 끼리끼리 노는 거 말고, 새로운 무림맹주는 어떻게 된 거지? 대외적으로 알려진 게 아무것도 없던데, 선출하는 거야 마는 거야?"

남궁유화가 보란 듯이 삐딱하게 바라보며 대꾸했다.

"지금 은근슬쩍 대놓고 우리에게 하대하고 있는 거 알아요?"

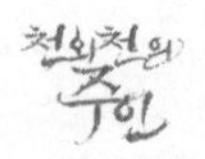

설무백은 자연스럽게 나온 태도로 전혀 몰랐으나, 얘기를 듣고도 별로 신경 쓰지 않았다.

생각 같아서는 내가 제대로 살았으면 너 같은 딸을 낳았어도 대여섯은 낳았을 거라고 말해 주고 싶었으나, 그럴 수는 없는 일이라 그저 떨떠름한 기분으로 외면할 뿐이었다.

"은근슬쩍이면 은근슬쩍이고, 대놓고면 대놓고지 은근슬쩍 대놓고는 대체 무슨 말이오? 괜한 트집으로 시간 끌지 말고 어서 대답이나 하시오? 그에 대해서 아는 게 있소, 없소?"

남궁유화가 잠시 뜻 모를 시선으로 바라보다가 대답했다.

"다들 서둘러서 중론을 모으는 중이에요. 지금까지 돌아가는 상황을 봐서는 소림사의 현각 대사께서 매우 유력한데, 그래도 결정은 대엿새가 더 지나야 할 거예요. 여기 무림맹에 계신 분들만이 아니라 각기 자파의 명숙들에게도 통보를 하고, 또 별다른 이견이 없어야 할 테니까요."

"참, 어렵게 하는군."

"어쩔 수 없죠. 어렵고 불편해도 그게 절대 그냥 넘어갈 수 없는 정도 문파의 전통이니까요."

"하긴……."

설무백은 이유야 어쨌든 현각 대사라면 믿을 수 있는 사람이라 그냥 넘어가며 이제야말로 자신이 무림맹을 방문한 이유 중 하나를 꺼냈다.

"아무려나, 부탁이 하나 있소."

남궁유화가 픽 웃었다.

"이제 와서 부탁이라니 우습네요. 차라리 그냥 명령이라고 하시지. 아무튼, 말해 봐요. 무슨 부탁이에요?"

설무백은 못내 무색한 미소를 지으며 말했다.

"화산파의 무허를 만나 볼 일이 있소. 얼마 전 풍잔에 찾아와서 잠시 머물다가 돌아갔다고 하는데, 혹시 여기 있나 해서 말이오."

남궁유화가 대답에 앞서 슬쩍 남궁유아에게 시선을 주며 물었다.

"그 젊은 도사 얼마 전에 돌아와서 홍위검대(興衛劍隊)에 있다고 하지 않았나?"

남궁유화가 고개를 끄덕이며 대답했다.

"그랬지. 어울리지 않게 거기서 놀고 있기에 내가 한 소리 했다고 했잖아."

설무백이 무슨 소린가 싶어서 고개를 갸웃거리자, 남궁유화가 보고 설명해 주었다.

"거창한 이름과 달리 맹에서 예비대로 운영하는 조직이에요. 어디 다른 대가 나서는 일에 인원이 부족하면 지원을 나가는데, 거의 대부분 후방 지원이지요. 물이나 음식, 가끔은 무기를 날라주는 짐꾼이라고 보면 되는데, 구대문파의 제자가 거기 있는 건 정말 수치에 가깝죠."

말을 끝맺은 남궁유화가 문득 이채로운 눈빛으로 설무백을

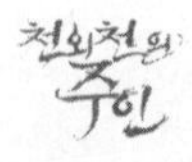

주시하며 말을 덧붙였다.

“근데, 풍잔에서 잠시 머물렀다고요? 대체 거기서 무슨 일을 겪었기에……?”

설무백은 더 듣지 않고 슬쩍 손을 들어서 그녀의 말을 끊고는 밑도 끝도 없이 불쑥 물었다.

“혹시 여기 남궁세가가 머무는 곳 어디에 사람들의 이목이 닿지 않는 장소가 있소?”

남궁유화가 무슨 일인가 싶은지 고개를 갸웃거리면서도 대답은 했다.

“여기 뒤쪽에 별채가 하나 있어요. 창문 몇 개만 막으면 외부와 완벽하게 차단되는 장소라 우리 무사들이 연무실로 쓰고 있죠.”

설무백은 바로 말했다.

“무허 좀 불러 주시오. 거기로.”

남궁유아의 말마따나 별채는 연무실로 쓰기에 훌륭한 조건을 가지고 있었다.

전각의 내부가 통으로 하나인 드넓은 공간임에도 창문이 좌우로 두 개씩 밖에 없어서 그 창문들만 막으면 완벽하게 외부의 시선을 차단할 수 있는 공간이었다.

물론 설무백이 따로 손을 쓸 필요도 없었다.

남궁세가가 연무실로 쓰고 있다는 남궁유아의 말대로 내부는 하나의 병기반 아래 일체의 장식도 없었고, 네 개의 창문에는 이미 두터운 휘장이 겹으로 드리워져 있었다.

설무백은 그곳에 도착해서 기다린 지 일다향 남짓의 시간이 지나서 무허를 만날 수 있었다.

남궁유아가 데려온 무허는 매우 초췌한 모습이었다.

다만 몸은 여위고 안색은 파리했으나, 두 눈빛만큼은 전에 비할 바 없이 정기가 넘치고 생기가 돌았다.

설무백은 첫눈에 무허의 상황을 간파할 수 있었다.

남궁유아의 생각과 달리 무허는 홍위검대에서 놀고 있는 것이 아니었다.

그 반대로 엄청난 수련에 몰두하고 있었던 것이 분명했다.

그래서 전에 보았을 때와 달리 비약적으로 성장해 있었다.

전에는 의욕과 의기만 넘칠 뿐, 제련되지 않는 칼처럼 투박하던 기도가 지금은 잘 벼려진 칼처럼 예리하게 정제되어 실로 고수의 풍모가 느껴졌다.

'각성했군.'

남궁유아 등 남궁세가의 식구들은 물론, 공야무륵과 요미 등까지 밖으로 내보낸 다음이었다.

설무백은 거두절미하고 그것부터 확인했다.

"많이 컸군. 무슨 계기가 있었나?"

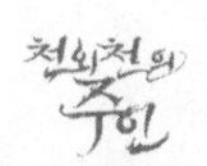

천박할 정도로 직설적인 화법이었다.

예전의 무허였다면 불같이 화부터 냈을 텐데, 과연 오늘의 무허는 웃는 낯으로 화답했다.

그것도 전에 없이 존칭이었다.

"풍잔에 갔다가 자극을 좀 받았지요. 알고 보니 빈도가 우물 안 개구리에 불과했더라고요."

설무백은 문득 의문이 들어서 물었다.

"누구와 비무했지?"

무허가 멋쩍게 웃으며 대답했다.

"철마립이라고 하더군요. 하지만 갑자기 사정이 생겨서 제대로 승부를 내지는 못했습니다."

설무백은 묵묵히 고개를 끄덕였다.

지금 그의 안목으로 평가한 무허의 수준이 또한 그가 아는 철마립의 실력과 우열을 가릴 수 없을 정도로 막상막하라는 생각이 들었다.

그때 말을 끝맺고 잠시 그를 신중히 바라보던 무허가 갑자기 더 없이 공손하게 공수하며 말했다.

"해서, 부탁이 하나 있습니다. 그때의 아쉬운 마음을 채울 수 있도록 설 대협께 한 수 가르침을 청합니다. 부디 거절하지 말아 주십시오."

설무백은 안 그래도 경빈진인의 심득을 전해 주기에 앞서 무허의 경지를 가늠해 보려던 참이라 거절할 이유가 없었다.

다만 대충하고 싶지 않았다.

가능한 빡세게 해서 무허의 전력을 보고 싶었다.

그래서 경고했다.

"내게 비무는 말 그대로 무를 비교해 보는 것이지 가르침을 주는 게 아니야. 비무를 통해 배우려는 사람이 있다면 그건 순전히 각자의 취향일 뿐이고, 적어도 나는 그런 사람이 아니라는 거야. 그래서 크게 다칠 수도 있는데, 괜찮겠어?"

무허는 이런 식의 얘기는 처음 들어 보는 것이라 이게 거절인지 승낙인지 종잡을 수 없어서 본의 아니게 머뭇거리며 설무백의 눈치를 보았다.

하지만 그가 마주한 설무백의 눈빛에서는 일체의 사심도 느껴지지 않았다.

실로 진심이 가득한 눈빛이었고, 그는 그 눈빛을 보면서 마치 눈이 쌓이듯 차츰차츰 더 위축되는 자신을 느꼈다.

설무백의 눈빛에서는 실로 묘한 힘이 풍겼다.

그리고 그 힘은 지금의 그에게 없는 것이고, 앞으로 그가 이루기 어려운 것이라는 기분이 들었다.

한마디로 말해서 일말의 부족함도 없이 완벽한 벽을 마주하고 있는 기분이었다.

그러나 무허는 이대로 물러설 수 없었다.

천년 화산파의 자존심이 그를 그냥 물러설 수 없게 만들었다.

"그렇게 나오시면 저야 좋지요. 보다 더 큰 가르침을 주시는 격이니까요."

설무백은 무심하게 경고 한마디를 추가했다.

"죽을 수도 있는데?"

무허는 애써 다부지게 대답했다.

"어쨌거나, 비무도 싸움입니다. 싸움에 있어 죽음은 언제든지 벌어질 수 있는 우연이지요. 각오하고 있으니, 너무 걱정하지 마십시오."

"그렇다면야……."

설무백은 가만히 고개를 끄덕이며 서너 발짝 뒤로 물러나서 무허와의 거리를 벌렸다.

그리고 싱긋 웃으며 손을 까닥였다.

"덤벼."

무허는 기다렸다는 듯이 검을 뽑아 들었다. 그리고 또한 내내 작심하고 있었던 것처럼 망설이지 않고 선공을 취했다.

"그럼 사양치 않고 갑니다!"

말보다 빨리 살짝 뒤로 젖혀졌던 무허의 신형이 앞으로 쭉 뻗어지며 폭사해 나갔다.

그것은 마치 활시위를 최대한 잡아당겼다가 한순간에 놓아서 화살을 쏘아 내는 것과 같은 모습이었다.

바로 강호무림상에서 한순간에 거리를 좁히는 극상의 경신공부의 대명사인 궁신탄영(弓身彈影)보다 배는 빠르다고 알려진 화산의 경신절기, 유성진격(流星進擊)이었다.

쑤아악-!

강호무림상에 알려진 유성진격의 명성 그대로 무허의 신형이 그야말로 빗살과 같은 속도로 쏘아지고 있었다.

그 속도의 가공함은 가히 두 눈으로 보면서도 절대 믿을 수 없을 정도였다.

그러나 그게 무허의 잘못된 판단, 실수였다.

설무백이 천하에서 둘째가래도 서러워할 정도로 자부하는 것이 바로 경신공부이기 때문이다.

이건 실로 하룻강아지 범 무서운 줄 모른 격이고, 강물이 용왕묘(龍王墓)를 침범한 격이었다.

그래서였다.

그들의 비무는 생각보다 더욱 빨리 끝났다.

츠르르륵-!

설무백은 다가드는 무허를 보면서 뒤로 물러났다.

시위를 떠난 화살처럼 빠르게 쇄도하는 무허의 모습을 그는 그림처럼 선명하게 볼 수 있었고, 물러나는 그의 반응 또한 무허보다 결코 늦지 않아서 그들, 두 사람의 거리는 조금도 좁혀지지 않았다.

바로 뇌영보였다.

기실 설무백의 경신공부는 크게 두 가지로 나눌 수 있다.

하나는 낭왕의 공부인 천화뇌전신과 야신 매요광의 필생 절

기인 무상신보, 그리고 전생의 그에게 흑사신이라는 별호를 안겨 준 이매종의 환환미종보를 조화해서 실로 귀신도 무색할 정도의 이형환위의 신법인 무상섬화였고, 다른 하나는 그것들의 장점만을 융합해서 순간적으로 공간을 가로지르는 보법으로 탄생시킨 뇌전무영신보, 일명 뇌영보가 바로 그것이다.

요컨대 무상섬화가 허깨비처럼 순간적으로 시야에서 사라져 버리는 신법이라면 뇌영보는 뻔히 눈에 보이는데 따라갈 수 없는 환상의 보법인 것이다.

무허는 그래서 자신이 왜 설무백을 따라잡을 수 없는 것인지 몰라서 답답했다.

뻔히 물러나는 설무백을 눈으로 보면서도 따라잡을 수가 없었기 때문이다.

설무백은 그 순간에 손을 내밀어서 무허를 가리켰다.

순간, 그의 전신에서 가공할 기운이, 그야말로 위력을 알 수 없는 무형지기가 구름처럼 일어났고, 그 무형지기가 무허를 가리키는 그의 손끝으로 응집되었으며, 이내 쏘아졌다.

승부가 그것으로 결정되었다.

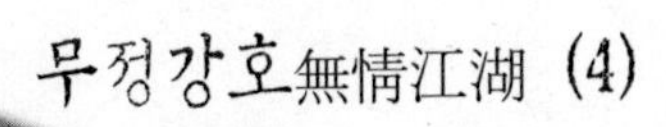
무정강호無情江湖 (4)

무허는 눈에 들어온 설무백의 손끝에서 점점 커져 가는 무형지기를 온몸으로 느낄 수 있었다.

그래서 그는 의지와 무관하게 어쩌면 어이없게도 이 한수로 자신이 패할지도 모른다는 아니, 어쩌면 죽을지도 모른다는 두려움에 휩싸였다.

그것은 정말 상상만으로도 끔찍한 일이었다.

그럴 수는 없었다.

"익!"

무허는 이를 악물며 사력을 다해서 수중의 매화검을 가슴으로 당겼다.

공격을 방어로 전환하는 것이다.

순간, 가슴 앞으로 당겨진 매화검이 그의 수중에서 풍차처럼 빙글빙글 빠르게 돌아가며 종내에는 마치 하나의 원반 같은 형태가 되었다.

검기성강의 기운이 응집된 원반, 이른 바 검막(劍膜)이었다.

때를 같이해서 설무백의 손끝을 떠난 막대한 기운이 그가 펼친 검막을 때렸다.

꽝-!

벼락이 치고, 벽력이 울었다.

막대한 격돌의 여파로 바닥이 진동하고, 건물이 통째로 흔들리는 가운데, 천장이 비틀어지더니 우수수 잔해가 쏟아져 내렸다.

무허는 그 와중에 살이 찢기고 뼈가 부러져 나가는 것과 같은 고통을 동반하는 여파를 견디고 버텼다.

그 대가는 실로 적지 않았다.

무슨 기운인지 모를 설무백의 살인적인 공세를 막기는 했으나, 그 바람에 그는 실로 처참한 모습으로 변해 버렸다.

머리는 미친놈처럼 산발이고, 옷은 여기저기 찢겨져 나가서 거지가 따로 없었으며, 소맷자락이 사라져서 갈라 터진 팔뚝을 드러낸 그의 손에는 평생을 함께한 매화검이 반으로 동강 채로 들려 있었다.

실로 낭패한 모습, 쓰러지지 않고 서 있는 것이 신기해 보일 정도였다.

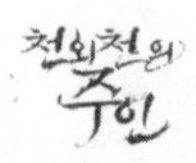

그러나 산발한 머리카락 사이로 내비치는 그의 두 눈빛은 절망이나 체념 따위의 감정이 아니라 불타는 희열이 자리하고 있었다.

'버텼다! 죽지 않았다!'

무허는 그런 생각이 들어서 설무백을 바라보며 활짝 웃다가 그대로 통나무처럼 옆으로 기울어져서 바닥에 쓰러졌다.

혼절이었다.

무허는 생사의 기로에서 헤매고 있었다.

설무백의 공격을 감당하지 못해서가 아니었다.

비록 내외상은 입긴 했으나, 그는 엄연히 설무백의 공격을 감당했다.

내외상의 정도도 심각한 수준이 아니라서 그저 며칠 쉬며 치료하면 거뜬히 일어날 정도였다.

문제는 상념이었다.

분명히 버텼는데 혼절해서 쓰러지는 바람에 심각한 혼란에 빠져 버렸다.

설무백에게 받은 타격과 무관하게 원하지 않던 상황과 직면해서 이해할 수도 없고, 이해하기도 싫은 정신적인 교착상태에 빠져서 저승의 문턱을 밟고 있었다.

소위 화병으로 죽는다 혹은 울화통이 터져서 죽는다는 말이 있는데, 지금 그가 직면한 상황이 그와 유사했다.

이건 순전히 그가 자신이 예상한 것보다 훨씬 더 높은 경지에 올라 있는 설무백의 무력을 있는 그대로 인정하지 못해서, 더 나아가 인정하기 싫어서 벌어진 사태였다.

심각했다.

보통의 사람과 달리 고련을 통해서 내공을 습득한 무인은 한순간 감정이 뒤엉킨 격류에 빠지면, 이른바 심마(心魔)에 빠지면 주화입마에 들어서 목숨을 잃거나 살아도 산 것이 아닌 목숨인 반병신이 될 수도 있었다.

아직 주화입마에는 빠지지 않았으나, 그에 근접한 정념(情念)의 폭주가 바로 지금 무허의 상태였다.

실로 자신도 모르게 죽음의 늪으로 빠져든 것인데, 그의 입장에선 실로 하늘이 도왔다.

천만다행으로 설무백이 그런 그의 상태를 첫눈에 알아보았기 때문이다.

-한심한 놈! 지금 누굴 살인자로 만들 셈이냐! 어서 정신 차리지 못해!

바늘 끝처럼 뾰족하고 비수처럼 날카로운 호통이 무허의 뇌리를 관통했다.

설무백이 날린 전음이었다.

다만 따갑고 쓰려야 마땅한데, 마치 차가운 얼음물을 뒤집

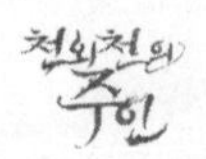

어쓴 것처럼 오싹하면서도 상쾌한 기분이었다.

무허는 그 바람에 정신을 차렸고, 호흡마저 곤란할 정도로 답답해진 가슴과 식은땀에 젖어서 싸늘하게 식어 가는 자신을 발견할 수 있었다.

'주화입마!'

무허는 새삼 가슴이 서늘해지고 등줄기가 오싹해졌다.

자신이 심마에 빠져서 주화입마에 들기 직전이었음을 인지한 것이다.

재빨리 마음을 다잡은 그는 질긴 쇠심줄처럼 아직도 뇌리 한구석에 남아 있던 정념의 사슬을 끊고 최대한 명경지수(明鏡止水)처럼 냉정한 이성을 되찾으려고 노력했다.

그때 정신을 번쩍 들게 하는 설무백의 냉랭한 전음이 다시금 그의 뇌리를 관통했다.

—좋아. 지금 그 상태로 잘 들어라. 나는 지금 경빈진인의 유지를 받들고자 이 자리에 너와 함께 있는 거다.

무허는 호된 충격을 먹었다.

유지라는 말은 이미 죽은 사람이 생전에 이루지 못하고 남긴 뜻을 의미하기 때문이다.

강호무림에는, 적어도 무림맹에는 아직 경빈진인의 죽음이 알려지지 않은 것이다. 아니, 어쩌면 당연히 그럴 것이라고 예상을 하면서도 극구 인정하기 싫은 것인지도 모른다.

이유야 어쨌든 설무백은 그와 같은 무허의 충격을 모르지 않을 텐데도 냉정하게 계속 말했다.

-어줍은 인간처럼 굴지 마라. 사부와의 정분을 내세우고 싶다면 이 시간이 지나도 얼마든지 기회가 있다. 경고하는데, 한 번만 더 사념에 빠지면 경빈진인의 유지를 받들지 못할 종자로 보고 이대로 물러나겠다.

무허는 사력을 다해서 마음을 다잡았다.

자존심이 상하고 오기가 나서라도 그런 취급을 당할 수는 없었다.

설무백이 귀신처럼 그의 속내를 읽었다.

-그래, 그래야지. 사내라면 그런 오기가 있어야지. 자, 그럼 이제 시작할 테니, 너는 지금부터 내가 하는 말을 단오하나, 토씨 하나 잊지 말고 기억해야 한다.

무허는 당연히 그럴 거라는 마음을 먹었다.

대체 어떻게 그럴 수 있는 건지는 모르겠으나, 이번에도 설무백은 그런 그의 마음을 읽은 듯 곧바로 다시 전음을 날렸다.

-나는 네가 경빈진인을 사사하고 옥함신공(玉函神功)과 냉천한월공(冷天寒月功)을 거처 이른바 매화기공의 정화인 자하신공(紫霞神功)까지 습득했음을 알고 있다. 그러니 괜한 의심이나 경계로 빼지 말고 어서 지금 당장 자하신공을 운기해라.

무허는 자신의 내력까지 꿰고 있는 설무백의 말을 듣자 더는 의심의 여지도 없이 시키는 대로 자하신공을 운기했다.

순간, 옅은 푸른빛과 흐린 붉은빛이 섞인 기운이 서서히 일어나서 아지랑이처럼 그의 전신을 휘감았다.

자하신공의 경지가 일정 단계를 넘어서야만 비로소 드러나는 자하기(紫霞氣)였다.

무허의 진정한 무공은 세간에 알려진 것보다 더 높은 경지에 올라서 있었던 것인데, 그때부터였다.

무섭도록 진중하게 가라앉은 설무백의 전음이 그런 무허의 뇌리에서 동굴의 메아리처럼 울리기 시작했다.

경빈진인이 평생의 수련을 집대성한 심득, 바로 자하신공에 기반한 이십사수매화검의 정수이자, 정화인 구결이었다.

무허가 화산파의 다음 대를 이어 나갈 무력이라는 경빈진인의 장담은 결코 허언이 아니었다.

무허는 정말 빠르게 설무백이 암송해 주는 구결을 뇌리에 기억하며 가슴으로 흡수하고 있었다. 그리고 설무백의 암송이 끝나기 무섭게 무허는 자하기의 기운을 강렬하게 발산하며 서서히 무아지경으로 진입해 들어갔다.

실로 설무백이 전생의 기억을 통해서 알고 있던 화산검귀(華山劍鬼)가 탄생하고 있는 모습이었다.

"휴……!"

설무백은 그제야 무허의 명문에 대고 있던 손바닥을 떼며 긴 한숨과 함께 이마에 맺힌 땀을 닦았다.

만에 하나 일어날 수 있는 폭주에 대비해서 화산매화기공의 정화인 자하신공의 기운인 자하기의 반탄력을 견디며 무허의 진기를 조율해 주는 것은 그로서도 결코 쉬운 일이 아니었던 것이다.

그때 땅에서 솟은 듯 하늘에서 떨어진 듯 홀연히 그의 뒤에 나타나는 사내가 하나 있었다.

"저기, 주군. 저 언제가지 여기서 이러고 있어야 하는 겁니까?"

볼멘소리로 투덜거리는 사내는 바로 대나무처럼 바싹 마른 체구와 볼이 움푹 파인 홀쭉한 얼굴에 검은 안대가 한쪽 눈을 대신한 애꾸인 혈영이었다.

"내가 인정할 수 있을 때까지."

"인……정요?"

"수고해."

설무백은 그가 말하는 인정이 지금 자신이 생각하는 인정과 같은 것인지 모르겠다는 표정인 혈영을 향해 서둘러 작별을 고하며 밖으로 나섰다.

그런 그의 뒤에서 긴 한숨을 내쉰 혈영이 어쩔 수 없다는 듯 다시 연기로 화해서 사라지고 있었다.

설무백이 별채를 나서기 무섭게 밖에서 서성거리고 있던 사람들이 우르르 다가들며 물었다.

"무슨 일이에요?"

"뭡니까, 대체?"

"난데없는 비무는 그렇다 치고, 운기를 돕는 건 또 뭐죠?"

설무백은 대답을 뒤로 미룬 채 살짝 미간을 찌푸렸다.

한꺼번에 몰려들며 던지는 질문 때문이 아니었다.

남궁유아와 남궁유화, 남궁유진만 대동했었는데, 지금은 그들만이 아니라 세 사람이 늘어 있었다.

빙녀 희여산과 화산 속가인 독화랑 사공척, 그리고 낯선 백의중년인 하나가 바로 그들이었다.

희여산이 눈치 빠르게 그들을 소개했다.

"화산 속가인 사공 소협은 이미 잘 아실 테고, 저쪽은 홍마수 왕윤이라고 역시나 화산 속가예요. 둘 다 이번에 백선의 일원이 되었죠."

설무백이 시선을 주자, 사공척이 알은척을 하고, 왕윤이 정중하게 공수했다.

"역시 우리가 보통 인연은 아닌가 보군요."

"화산 속가 왕윤이오."

설무백은 묵묵히 마주 공수하는 것으로 답례했다.

사공척은 말할 것도 없고, 왕윤도 평판이 나쁘지 않은 인물로 알고 있어서 다른 이의는 없었다.

다만 그는 문득 궁금해져서 희여산과 남궁유아 등을 둘러보며 물었다.

"근데, 설마 이 인원이 다는 아니겠죠?"

남궁유화가 대답했다.

"당연하죠. 선주(船主)를 알아도 될 만한 사람만 부른 거예요."

"선주……?"

"편하게 부를 호칭이 필요한 것 같아서…… 싫으면 말해요. 바꿀 테니까."

"아니, 뭐, 싫기까지야……."

"그럼 그냥 그렇게 해요. 선주로."

설무백은 사뭇 명령조인 남궁유화의 말이 생경해서 절로 머쓱한 표정이 되었으나, 딱히 불편한 것도 아니고 굳이 거절할 내용도 아니라서 그냥 어깨를 으쓱이는 것으로 수긍해 주었다.

그러자 남궁유화가 재우쳐 처음으로 돌아가서 딱 부러지는 말투로 물었다.

"그러니까, 선주. 그제 그만 말해 주죠? 저기 저 별채 안에서 벌어진 일을 우리가 어떻게 이해해야 하는 거죠?"

다른 누구보다도 화산 속가 출신인 사공척과 왕윤이 관심을 보이며 눈을 반짝였다.

무허가 화산칠검의 하나이기 이전에 화산파의 미래를 짊어지고 갈 화산 문하의 수재라는 사실을 그들도 익히 잘 알기 때문일 것이다.

설무백은 그런 그들의 관심과 무관하게 무심히 말했다.

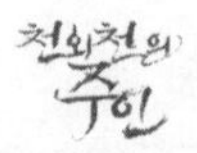

"별일 아니오. 경빈진인께서 타계하시기 전에 나보고 살아생전 얻은 심득을 제자인 무허에게 전해 달라고 부탁했고, 나는 그 부탁대로 무허를 만나서 경빈진인의 심득을 전해 주었을 뿐이오."

"아……."

다들 얼빠진 사람처럼 습관적으로 고개를 끄덕였다.

설무백이 너무나도 엄청난 얘기를 너무나도 사소한 얘기를 하듯 지나가는 말처럼 해 버리는 바람에 다들 넋이 나간 것처럼 정신이 멍해져 버린 것이다.

설무백은 역시나 아무렇지도 않게 그런 그들 중 사공척과 왕윤을 향해 지를 내리듯 부탁했다.

"아무튼, 마침 잘됐군. 무허의 운기행공이 끝날 때까지 경계를 서 줘야 하는데, 귀하들이 해 주면 되겠네."

사공척과 왕윤은 아무런 거부감 없이 설무백의 지시 같은 부탁을 수용했다.

사실을 말하자면 설무백의 당부가 아니었어도 그들이 자발적으로 나섰을 터였다.

그들은 누가 뭐래도 화산 문하이고, 무허는 그들의 사형제이기 이전에 화산파의 미래를 책임질 존재임을 알았기 때문이다.

그들은 실로 발 빠르게 움직여서 화산 문하들을 불러 모았고, 그들과 함께 별채의 경계를 자청했다.

설무백은 그렇게 별채의 경계가 안정되고 나서야 발길을

돌려서 무림맹을 벗어났다.

무림맹에서 그가 볼일은 더 이상 없다고 생각한 것이다.

그러나 남궁유화 등의 생각은 그와 달랐다.

그들은 아직 다하지 못한 얘기가 많이 남아 있었고, 그 때문에 무림맹을 벗어나는 설무백의 뒤를 따라나섰다.

배웅이라는 명목으로 따르며 미처 못 다한 얘기를 나누기 위함이었다.

그러나 그들의 입장에선 매우 아쉽게도 그마저 쉽지 않았다. 예상치 못한 방해자가 나타났다.

무림맹의 대문을 벗어난 다음, 도심을 우회해서 남쪽으로 이어진 관도를 타기 직전이었다.

저 멀리 관도로 진입하는 길목을 일단의 무리가, 정확히는 말을 탄 무리가 막고 있었다.

대략 이십여 명의 사내들이었다.

적은 아니었다.

다들 한쪽 가슴에 무림맹의 표식을 달고 있었다.

달이 뜨긴 했어도 어쨌든 밤이라 어둡고, 거리도 제법 멀리 떨어져 있었지만, 그 정도는 능히 식별이 가능한 안력을 소유한 고수들이 그들이었다.

그런데 첫눈에 그들을 알아본 남궁유화 등이 대놓고 쌍심지를 곧추세우며 노골적인 반감을 드러냈다.

설무백은 처음에는 왜 그러나 했는데, 곧바로 이어진 남궁

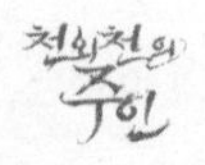

유아의 말을 듣자 바로 납득할 수 있었다.

"선두의 세 자식 있죠. 족제비같이 생긴 좌측의 면상이 곤륜파의 낙화유수 매옥청이고, 음흉한 너구리처럼 생겨먹은 중간의 면상이 종남파의 금검수사 장목, 여우처럼 뺀질뺀질한 우측의 면상이 제갈세가의 제갈상린이에요. 하나같이 무림맹을 좀먹은 조무래기들이지요."

설무백은 고개를 끄덕이며 무심하게 물었다.

"조무래기라는 것이 죽여도 된다는 뜻은 아닌 거겠죠?"

남궁유아가 사내처럼 씩, 웃으며 대답했다.

"마음이야 굴뚝같지만 확실히 안 될 말이죠. 명색이 무림맹의 요직을 차지한 녀석들이거든요. 그나저나……."

그녀는 미간을 찌푸리며 슬쩍 곁에 서 있는 남궁유진을 노려보았다.

"네가 알린 건 아니지?"

"무슨 그런 말도 안 되는……!"

남궁유진이 기겁하며 손사래를 쳤다.

"아니에요, 저는!"

남궁유아가 쌍심지를 곧추세우고 주먹을 내보이며 윽박질렀다.

"아니라고 했다가 나중에 사실이면 너 아주 내 손에 죽는다!"

남궁유진이 펄쩍 뛰었다.

"정말 나 아니라니까!"

남궁유아가 그래도 어째 못 믿겠다는 눈빛으로 삐딱하게 남궁유진을 바라보는데, 남궁유화가 나서서 변호했다.

"언니도 참 집요하다. 한 번 실수한 걸 가지고 아직도 우려먹냐 그래?"

"전적이 있으니까 그렇지."

"한 번 실수는 병가지상사라는 말도 모르냐? 이젠 좀 그냥 넘어가 주라."

"내 사전엔 그런 거 없어. 대신 한 번 배신한 놈이 또 배신하는 것처럼 한 번 실수한 놈이 또 실수한다는 말은 있지."

"어휴!"

대체 어떤 실수를 했는지는 모르겠으나, 남궁유진이 거의 다 죽어 가는 사람처럼 풀이 죽어서 고개조차 들지 못하는 가운데, 남궁유화가 정말 졌다는 듯 한숨을 내쉬며 말했다.

"아무튼, 전적이 있든 없든 이번은 아닐 거야. 선주가 왔다는 얘기야 이미 영내에 쫙 퍼졌을 테니, 걔들도 몸이 달아서 나섰을 거야. 궁금해서 미쳐 버릴 것 같았을 테지."

설무백은 새삼 실소했다.

"내가 그 정도의 존재인지 몰랐군."

남궁유아가 어처구니가 없다는 표정으로 설무백을 쳐다봤다.

"지금 그거 농담이라고 하는 말입니까?"

"아니, 진심인데?"

설무백이 태연하게 대꾸하며 멀뚱거리는 눈으로 바라보자, 남궁유아가 한 대 칠 것처럼 노려보았다.

설무백은 그에 아랑곳하지 않고 전방의 길목에 늘어 서 있는 소위 조무래기들을 바라보며 고개를 갸웃했다.

"근데, 쟤들은 왜 저리 무게만 잡고 있는 거지?"

희여산이 특유의 쌀쌀맞은 태도로 끼어들었다.

"우연을 가장하려는 거겠죠."

설무백은 실로 어이없어 했다.

"저렇게 길을 막고 있으면서?"

희여산이 별걸 다 이상하게 본다는 투로 대꾸했다.

"누가 어떻게 보느냐는 상관없어요. 자기만 그게 아니라고 생각하면 그만인 사람들이거든요."

"도둑놈의 심보군."

희여산이 왠지 모르게 바로 대답하지 않고 머뭇거리는 사이 남궁유아가 대답을 가로챘다.

"그렇게도 생각할 수 있나? 우리는 그걸 귀족의 자아라고 보는데? 생각이 다르네?"

설무백은 특유의 미온한 미소를 입가에 머금었다.

"서로 다르게 살아온 부류인 거지."

"그렇게 생각할 수도 있겠네."

남궁유아가 혼잣말로 중얼거리며 어깨를 으쓱하는 사이, 남궁유화가 어딘지 거북해진 표정으로 설무백의 눈치를 보았다.

남궁유아가 그와 무관하게 특유의 사내 같은 어조로 재우쳐 말했다.

"어쨌든 의미는 같아요. 같잖은 놈들을 보고 욕으로 하는 말이니까."

그때였다.

거리가 가까워진 상대, 마상의 인물들 중에서 조무래기였다가 같잖은 놈들로 바뀐 마상의 세 사람 중 하나가 그들을 향해 손을 들어 보이며 말했다.

"여, 이게 누구신가? 천검대와 지검대의 대주들이 아니시오? 대체 무슨 바람이 불었기에 두 분이 이렇게 나란히 행차하시는 거요?"

무리의 선두에 나서 있는 마상의 세 사람 중 우측의 사내, 남궁유아의 소개에 따르면 족제비같이 생긴 면상의 소유자인 곤륜파의 제자 낙화유수 매옥청이었다.

남궁유아가 대답 대신 슬쩍 설무백을 보며 물었다.

"어떻게 할래요? 그냥 갈래요, 아니면 통성명이라도 할래요?"

설무백은 주저하지 않고 대답했다.

"이것도 인연 아니오. 좋든 싫든 무림맹을 이끌어 가는 후기지수들이니, 어느 정도의 인물들인지는 알고 싶구려."

남궁유아가 어깨를 으쓱하는 것으로 수긍하며 고개를 돌려서 어느새 대여섯 장으로 좁혀진 전방의 무리를 향해 말했다.

"남이야 팥으로 메주를 쑤든, 대들보로 이를 쑤시던 상관할 것 없고, 당신들 일이나 신경 쓰시지? 누구 때문에 호기심으로 몸이 달아서 나섰으면 얼른 솔직하게 사정이나 얘기하고 통성명이나 할 것이지, 되지도 않게 그 무슨 허접하기 그지없는 연극이냐?"

매옥청의 얼굴이 잘 익은 홍시처럼 붉어졌다.

남궁유아의 직설적인 말에 폐부를 찔려서 화도 나고, 창피하기도 했던 것이다.

그때 같이 있던 제갈세가의 제갈상린이 끼어들며 실로 여우처럼 뻔뻔스럽게 간살을 떨었다.

"과연 무림맹이 자랑하는 여걸답게 거침이 없으시오. 예, 사실 그렇소. 어쩌다 우연찮게 어르신들께서 쑤군쑤군 하는 얘기를 들었는데, 실로 저분 설무백, 설 대협을 참으로 높게 평가하시더구려. 그러던 차에 마침 설 대협께서 무림맹을 방문했다는 얘기를 들었소. 어떻게 나서지 않을 수가 있겠소이까. 이게 알고 보면 나름 고심해서 마련한 자리라오. 하하하……!"

제갈상린의 말이 끝나는 시점에 설무백 등은 발걸음을 멈추고 있었다.

그들의 간격이 면전이랄 수 있을 정도로 삼장 남짓 가까워졌기 때문인데, 남궁유아가 그 와중에 대수롭지 않게 제갈상린을 외면하며 그 곁의 마상에 앉은 종남파의 금검수사 장목에게 시선을 주며 물었다.

"당신은 뭐 할 말 없어?"

장목은 건장한 장신에 시커멓게 그을린 얼굴과 순박해 보이는 눈빛을 소유한 사내였다.

그래서 음흉한 너구리처럼 생겨먹었다는 남궁유아의 평가는 실로 선입견이 분명해 보였는데, 그녀의 질문에 대답하는 그의 태도도 그런 느낌을 강하게 주었다.

"별로…… 본인은 그저 어떤 사람인지 얼굴이나 좀 볼까하고……."

말꼬리를 흐리는 건 습관이나 버릇이 아니라 그저 멋쩍어하는 것 같았다.

그로 인해 순박한 느낌이 더욱 강해졌다.

하지만 그건 순전히 설무백이 보고 느낀 평가일 뿐이었다.

남궁유아는 어줍어서 순박해 보이는 장목의 태도가 실로 마뜩잖은 듯 대번에 오만상을 찡그리고 있었다.

모르긴 해도, 장목의 태도를 같잖은 기만술로 보는 것 같았다.

그 상태로, 그녀는 슬쩍 설무백에게 시선을 주며 말했다.

"보다시피 대충 저렇게 생겨먹은 작자들이에요. 어떻게? 통성명이라도 할래요?"

설무백은 자못 냉정하게 고개를 저었다.

"아니요. 그럴 필요까지는 없을 것 같소."

남궁유아가 사내처럼 기분 좋게 씩 웃고는 제갈상린 등을 향해 말했다.

"다들 들었지? 아쉽지만 당사자가 싫다고 하니, 어쩌겠어. 자, 자, 그리 알고 이제 그만 비켜 주시게나들."

"……!"

매옥청이 분노한 눈빛으로 노려보는 가운데, 슬쩍 손을 들어서 그런 매옥청을 막은 제갈상린이 나섰다.

"무슨 다른 용건이 있거나 남다른 친분을 쌓자는 것도 아니고, 그저 통성명이나 하자는 건데, 뭘 그리 박하게 구시오. 우리를 알아서 이득이 되면 됐지 절대 손해 날 일은 없을 텐데 말이오."

자못 예리하게 빛나는 제갈상린의 시선은 시종일관 설무백에게 고정되어 있었다.

남궁유아가 아니라 설무백의 의견을 듣고 싶다는 강한 의지를 내비치는 것이다.

남궁유아가 그게 더 마뜩찮은지 사나운 눈빛으로 변했다.

내내 가만히 침묵하고 있던 희여산과 남궁유화의 눈빛도 싸늘해졌다.

다만 남궁유진은 왠지 모르게 전전긍긍하는 기색이었는데, 그건 아마도 앞서 남궁유아가 말한 그의 전전과 관련이 있는 것 같았다.

와중에 한층 더 사나워진 남궁유아의 눈빛이 마치 면박을 주듯 그를 일별했던 것이다.

설무백은 그런 그들의 태도를 의식하고는 특유의 미온한 미소를 지으며 나서서 제갈상린을 향해 말했다.

"나는 크든 작든 자신의 입지를 위해서 집안싸움까지 벌이는 골빈 철부지들 때문에 이득을 보고 싶은 마음이 눈곱만큼도 없어서 말이야. 대충 무슨 말인지 알아들었으면 어서 비키지? 괜히 처맞고 울지 말고?"

"……!"

남궁유아가 터지는 웃음을 억지로 참는 기색으로 얼른 손을 들어서 자신의 입을 틀어막았다.

희여산과 남궁유화도 같은 기색이었고, 역시나 남궁유진만이 안절부절못했다.

가뜩이나 얼굴을 붉히던 제갈상린이 그녀들의 태도에 더욱 붉게 달아오른 얼굴로 소리쳤다.

"거 말이 너무 심한 거 아니오!"

매옥청도 볼썽사납게 일그러진 얼굴로 발끈했다.

"이, 이런 건방진……! 어른들의 당부를 지키려고 예의를 다해서 오냐오냐 해 주었더니만, 주제도 모르고 콧대가 하늘에 닿아서 함부로 지껄이는구나! 어서 당장 엎드려 사과해라! 당장에 사과하지 않으면……!"

"당장에 사과하지 않으면?"

설무백이 잘라 물었다.

"대체 뭘 어쩔 건데?"

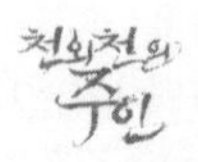

얼굴을 붉히며 버럭 화를 내던 매옥청이 그대로 잠시 굳어졌다.

불현듯 자신이 지금 대화를 나누는 상대가 누구인지 깨달았던 것이다.

상대, 설무백은 작금의 강호무림에서 사신이라 불리는 고수였고, 마교의 함정에 빠진 각대문파의 존장들과 명숙들을 구해 냄으로써 자신의 별호가 결코 허명이 아님을 증명한 불가해의 존재였다.

누가 뭐래도 그와는 격이 다른 절대 고수인 것이다.

다만 이미 불이 붙어 버린 감정은 스스로도 어쩔 도리가 없는 법이라, 분노로 인해 그의 얼굴은 붉다 못해 검게 변해가고 있었다.

그러나 설무백은 점점 더 싸늘해지고 있었다.

그는 그런 눈빛으로 매옥청 등을 둘러보며 무심하게 말을 더했다.

"내가 순하게 돌려서 말해 주니까 제대로 이해를 못하는 모양인데, 제대로 다시 말해 주지. 호랑이가 개새끼하고 손잡는 거 봤어? 못 봤지? 그런 거야. 그러니까, 괜히 처맞지 말고 어서 내 앞에서 꺼지라고."

그는 말미에 싱긋 웃으며 재우쳐 확인했다.

"알았어?"

"개……새끼?"

설무백의 말은 충고라기보다는 멸시였고, 도발이었다.

그리고 당연하게도 지극히 의도적인 발언이었다.

매옥청이 그 도발에 넘어가서 마성에서 내려서며 칼을 뽑아 들었다.

"이, 이런 미친 새끼……! 저가 사신이면 대수냐! 나서라 이 새끼야! 세상 소문이 얼마나 허황된 것이 많은지, 내가 오늘 기필코 확인시켜 주마!"

"용기는 가상하다만……."

설무백은 굳이 가소롭다는 기분을 감추지 않으며 비아냥거렸다.

"아무래도 주제를 모르는 건 내가 아니라 너인 것 같구나. 감히 너 따위가 내 상대가 될 수 있다고 생각하다니 말이다."

"익!"

매옥청이 이를 악물고 도끼눈을 뜨며 앞으로 나섰다.

설무백은 그런 매옥청을 마냥 심드렁하게 바라볼 뿐, 그대로 서서 손가락 하나 까딱하지 않았다.

앞선 그의 말이 의미하듯 그는 나서고 싶지도 않았고, 나설 이유도 없었다.

어느새 도끼를 뽑아 든 공야무륵이 그를 대신해서 앞으로 나서고 있었기 때문이다.

"……!"

매옥청이 흠칫 놀라며 멈추었다.

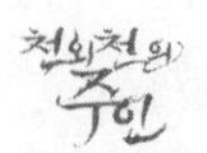

사신 설무백의 그림자로 알려진 생사집혼 공야무륵의 명성은 그도 익히 잘 알고 있기 때문이었다.

우습지 않게도 그는 공야무륵의 존재로 인해 지금 자신이 천하의 사신 설무백을 상대로 칼을 뽑아 들었다는 사실을 새삼 인지하며 절로 오금이 당길 정도의 큰 두려움에 휩싸여 버렸다.

급작스럽고도 급박하게 돌아간 상황에 당황해서 잠시 어쩔 줄 모르고 있던 남궁유아가 와중에 그 모습을 보고는 한숨을 내쉬었다.

실로 한심하다는 한숨이었다.

“니X, 내가 다 쪽팔리네!”

남궁유아는 보란 듯이 끌끌 혀를 차고는 마치 뒷골목 건달인 흑사회(黑邪會)의 파락호를 대하듯 매옥청을 윽박질렀다.

“야, 호기롭게 뽑아 든 그 칼이 창피하단다. 부탁인데, 어서 칼집에 넣어 주고, 썩 물러나라.”

매옥청이 지그시 어금니를 악물었다.

분노와 오기, 자존심 사이에서 고민하는 모습이었다.

설무백이 그런 그를 쳐다보며 지나가는 말처럼 한마디 툭 던졌다.

“생존이 있어야 자존심도 있는 거다. 설마 너 하나 죽였다고 나와 무림맹의 관계가 틀어질 거라고 생각하는 건 아니지?”

매옥청은 이미 더는 싸울 기분이 아니었다.

그는 지금 자신이 벌이려는 이 싸움에서 승리할 수 없다는 것을 알 정도까지는 명석했고, 승리할 수 없는 싸움이라는 것을 뻔히 알면서도 나설 정도로 어리석은 사람도 아니었기 때문이다.

그는 조용히 고개를 숙이고 칼을 거두며 물러났다.

그런데 뒤를 이어서 제갈상린이 마상에서 내려서 매옥청이 물러난 자리로 나섰다.

설무백은 찌푸린 눈으로 제갈상린을 보았다.

"대신 싸워 보겠다는 건가?"

"설마요."

제갈상린이 활짝 웃는 낯으로 고개를 젓고는 덧붙여서 말했다.

"본인은 다만 사람을 평가하는 기준이 무력만은 아니라는 것을 말하고 싶을 뿐이오."

설무백은 눈치 빠르게 제갈상린이 하고자 하는 말이 무엇인지 떠올라서 절로 피식, 실소하고 물었다.

"지금 흔히들 신기제갈(神機諸葛)이라고 하는, 그러니까 대대로 총명하다는 전통의 제갈세가의 두뇌를 말하고 싶은 건가?"

제갈상린이 활짝 웃는 낯으로 어깨를 으쓱이며 굳이 부정하지 않았다.

"말이 통하는 분이구려. 대충은 그렇소. 때론 무공보다 더 절실하게 필요한 것이 지략 아니겠소."

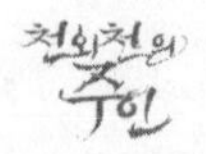

설무백은 웃었다.

비웃음이었다.

"난 아닌 것 같은데."

웃음기 가득하던 제갈상린의 얼굴이 스르르 굳어져 갔다.

"지금 우리 제갈가를 무시하는 거요?"

"아니, 너 말이야, 너."

설무백은 손가락으로 꼭 찍어서 제갈상린을 가리켰다.

"네 머리가 별로인 것 같다고."

제갈상린의 얼굴이 볼썽사납게 일그러졌다.

설무백은 그에 상관없이 재차 웃는 낯으로 밑도 끝도 없이 불쑥 물었다.

"작금의 강호무림에서 무림맹이 천사교를 이기려면 어떻게 해야 하지?"

"……?"

"왜? 너무 포괄적인 질문이라 답하기가 어렵나?"

제갈상린이 냉소를 날리며 따졌다.

"지금 나를 시험하는 거요?"

설무백은 당연하다는 듯이 고개를 끄덕이며 인정했다.

"응. 무시를 당했다고 해서 무작정 분노하는 것만이 능사가 아니야. 수치를 씻을 방법을 찾아야지. 난 지금 네게 그 방법을 제시하는 거야. 증명하면 돼. 네가 자부심을 가져도 좋을 정도로 뛰어난 두뇌를 가졌다는 것을 말이야."

"흥!"

제갈상린이 코웃음을 치고는 다부진 표정으로 자신만만하게 말했다.

"본인은 작금의 강호무림에서 무림맹이 천사교를 이기려면 발 빠르게 다섯 단계의 변화를 추진해야 한다고 생각하오. 첫째, 맹주맹의 내부에 원로원이나 장로원 같은 기관을 두어서 맹주의 명령을 검증하도록 해야 하오. 이는 전대 맹주의 독단으로 벌어진 마황동의 사건과 같은 오류를 없애기 위한 방편임은 물론, 무림맹의 권력이 한곳에 집중되거나 편중되지 않고, 무림맹을 지탱하는 각대문파의……!"

"아, 정말 구차하게 말 많네."

설무백은 한숨을 내쉬고 손가락을 귀를 후비며 투덜거리는 것으로 장황하게 이어지던 제갈상린의 주장을 끊었다.

제갈상린이 오만상을 찡그리며 불쾌함을 드러냈다.

"이 무슨 경우 없는 짓이오!"

설무백은 대수롭지 않게 대꾸했다.

"겁이 나서 싸우기 싫은 애들이 싸우기 전에 말이 많은 것처럼, 제대로 알지 못하는 것들이 알은척하려고 할 때 말이 많아지거든. 어렵고 복잡하게 말을 늘여야 뭐 좀 안다고 생각하는 거지."

제갈상린의 얼굴이 시뻘겋게 달아올랐다.

"아니, 그 무슨 망발……!"

"됐고."

설무백은 손을 내둘러서 제갈상린의 분노를 무시하고는 슬쩍 남궁유화에게 시선을 주며 물었다.

"당신 생각은 어때?"

남궁유화가 시큰둥하게 반문했다.

"뭐가요? 무림맹요, 아니면 저 사람에 대한 평가요?"

설무백은 바로 대답했다.

"당연히 무림맹이지."

"작금의 강호무림에서 무림맹이 천사교를 이기려면 어떻게 해야 하느냐?"

"그래."

남궁유화가 어깨를 으쓱하고는 슬쩍 제갈상린을 일별하며 대수롭지 않게 말했다.

"뭘 그리 복잡하고 어렵게 생각하는지 모르겠네요. 그거 아주 간단해요. 무림맹이 천사교보다 강해지면 돼요."

설무백은 만족한 미소를 지었다.

"맞아. 바로 그거야. 내 생각도 바로 그거거든."

제갈상린이 어처구니없다는 표정으로 언성을 높였다.

"아니, 무슨 그런 말도 안 되는 소리를……!"

"그걸 누가 결정하지?"

"그게 무슨……?"

"남궁 소저의 판단이 말이 되는 소리인지, 말이 안 되는 소리인지 누가 판단하느냐고? 제갈상린, 네가 판단하는 건가?"

"……!"

"나야."

설무백은 무심하게 손가락 하나를 들어서 자신을 가리키며 잘라 말했다.

"내가 판단하는 거야. 내가 물었잖아. 안 그래?"

"……!"

제갈상린이 입을 다문 채 마른침을 삼켰다.

설무백이 풍기는 위압감에 완전히 압도당한 모습이었다.

설무백은 그런 제갈상린을 무심하게 외면하고는 매옥청과 장목을 둘러보며 재우쳐 말했다.

"무슨 말인지 알지?"

"……."

매옥청과 장목은 침묵한 채 말이 없었다.

알 것도 같고 모를 것도 같지만, 결국 이해할 수 없다는 표정이었다.

"몰라? 더 쉽게 말해 줘?"

설무백은 대답을 기다리지 않고 말을 덧붙였다.

"나는 모든 걸 내가 결정한다는 소리야! 그게 어떤 일이고 무슨 대사건 간에 결정을 내리는 것은 너희들도 아니고, 무림맹도 아니고 바로 나라고, 나! 그러니까……!"

그는 더 없이 싸늘하게 말을 끝맺었다.

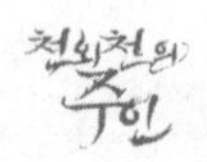

"죽고 싶지 않으면 헛소리 그만두고 어서 꺼져!"

"……!"

모두가 입을 다문 채 침묵했다.

숨소리조차 제대로 내지 못하는 정막이 장내를 잠식했다.

엄청난 위압감이 장내를 휘감으며 거기 자리한 모든 사람들의 마음을 무겁게 짓누르고 있었다.

무지막지한 설무백의 존재감이 만들어 낸 치열한 정막, 죽음의 공포였다.

"……."

제갈상린과 매옥청이 장승처럼 굳어 버린 가운데, 종남파의 장목이 용기를 내서 조심스럽게 공수하며 말했다.

"알겠소. 아무래도 오늘은 때가 아닌 듯하니 이만 물러가리다. 다만 구질구질해도 한마디는 해야겠소. 설 대협의 눈에는 우습게 보일지 몰라도 우리 역시 강호무림의 평화와 안녕을 생각하고 있소. 그러니, 필요하다면 불러 주길 바라오."

설무백은 새삼스러운 눈빛으로 장목을 바라보았다.

이제 보니 이외로 묵직한 구석이 있는 사내였다.

그는 절로 씩 웃으며 대답해 주었다.

"그러지."

장목이 재차 공수하며 슬쩍 말허리를 차서 설무백 등의 옆을 지나갔다.

바닥에 내려서 있던 제갈상린과 매옥청이 그제야 허겁지겁 마상에 올라서 그의 뒤를 따랐고, 시종일관 눈치를 보고 있던 나머지 무사들도 서둘러 그들의 뒤에 붙어서 장내를 떠났다.

멀어지는 그들을 바라보며 남궁유화가 슬쩍 고개를 돌려서 설무백을 바라보았다.

무언가 하고 싶은 말이 있는 표정인데 정작 입을 열지는 않고 있었다.

설무백이 그것을 의식하며 말했다.

"하고 싶은 말 있으면 참지 말고 그냥 해."

남궁유화가 입을 열려다가 그만두고 다시 말을 하려다가 참더니, 이내 작심한 표정으로 쳐다보며 말했다.

"아까요. 당신답지 않아서요."

"뭐가 나답지 않다는 건데?"

"그들을 살려 보낸 거요."

"그들을 죽였어야 했다?"

"원래 그런 식으로 행동하잖아요, 당신. 그리고 나 역시 냉정하게 생각해서 이런 식으로 척을 질 바에야 차라리 그냥 없애는 게 낫지 않나 해서요. 그러지도 않을 거면서 왜 그리 화를 돋구어놓는 건지 알다가도 모르겠네요. 외부의 적 열보다 내부의 적 하나가 더 어렵다는 말을 모를 것 같지 않은 사람이 대체 왜 이러는 거죠?"

설무백은 피식 웃으며 답변했다.

"왜 이러긴, 재들의 적이 우리만은 아닐 거라고 생각하니까

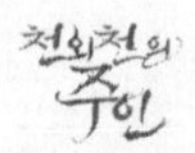

그러지."

과연 타고난 재원이라는 말에 어울리게 남궁유화가 곧바로 눈치채며 그의 말을 받았다.

"저들이 무림맹과 다른 길을 가고 있으나, 그렇다고 그게 마교의 하수인 노릇도 아니라고 생각해서 살려 둔다는 건가요? 요컨대, 적의 적은 적이 아닐 수 있으니, 굳이 내 손으로 죽일 필요가 없다?"

"구구절절 설명하지 않아도 돼서 좋군."

설무백은 피식 웃으며 인정하고는 대수롭지 않게 말문을 돌렸다.

"그보다 그제 그만 말하지? 왜 다들 여기까지 따라나선 거야? 대체 무슨 말을 하고 싶어서?"

남궁유화가 남궁유아와 희여산 등과 시선을 교환하고는 이내 다시 설무백을 바라보며 말했다.

"궁금해서요."

"뭐가?"

"강호무림의 동향요. 마황동의 사건 이후 천사교나 너무 잠잠해요. 왜 그런 건지 당신이라면 알 것 같아서요. 대체 왜죠?"

최근 천사교는 무림맹과의 분쟁을 적극적으로 피하고 있었다.

무림맹의 무사들이 도발을 해도 크게 확대하지 않고 조용히 처리하려고 애쓰는 모습이 역력했다.

이를 두고 어떤 혹자는 이미 중원에 든든한 기반을 마련한 천사교가 확전을 염려해서 작은 싸움을 회피하는 것이라고 했고, 또 다른 혹자는 응천부와 즉, 황궁과 붙어먹고 있으니 애써 잡음을 줄일 수밖에 없는 입장일 것이라는 주장을 펴기도 했다.

어느 것이 진실인지는 모르겠으나, 최근 들어 천사교가 싸움을 피하고 있는 것만큼은 틀림없는 사실이었다.

세간에는 황궁이 이미 중원을 놓고 천사교와 모종의 거래를 했다는 소문까지 돌고 있을 정도인 것이다.

그러나 현실은 그와 조금 달랐고, 남궁유화의 말마따나 설무백은 그것을 익히 잘 알고 있었다.

"개들은 무림맹보다 더 심해서 그래."

남궁유화가 이미 짐작한 바가 있었는지 한층 더 예리한 눈빛을 드러내며 물었다.

"조금 쉽게 설명해 줄래요?"

설무백은 가볍게 웃으며 설명했다.

"천사교만이 아니라, 천사교가 포함된 마교 말이야. 개들은 무림맹보다 더 내부의 알력이 심하다고. 요즘 천사교가 잠잠한 이유가 그래서야."

그는 의미심장하게 덧붙여 말했다.

"아까 내가 제갈상린 등을 그대로 보낸 것 같은 이치인 셈이지. 적의 적은……!"

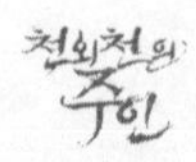

남궁유화가 고개를 끄덕이며 그의 말을 가로챘다.

"알겠어요. 적이 아닐 수 있으니 굳이 내 손으로 죽일 필요가 없다 이거죠?"

설무백은 어깨를 으쓱하는 것으로 인정했다.

남궁유화가 짐짓 몸서리를 치며 긴 한숨을 내쉬었다.

"아무튼, 우리는 천사교 하나도 상대하는 데 버거워하고 있는데, 그런 천사교가 눈치를 보고 있는 자들이 그리 부지기수라니, 실로 무시무시하네요."

설무백은 무심하게 말을 받았다.

"그 우리에 나도 포함시키지 마. 그리고 엄살떨지 마. 진짜 싸움은 아직 시작도 안 했으니까."

남궁유화가 무슨 생각인지 모르게 잠시 물끄러미 그를 바라보다가 이내 무언가 스스로 납득한 것처럼 고개를 끄덕이며 말했다.

"알아요. 여러모로 별종이긴 하죠, 당신은."

그러고는 더 없이 진지한 표정으로 변해서 재우쳐 물었다.

"아무튼, 그건 그렇고, 대체 왜 당신은 마황동에서 먼저 돌아온 제갈 군사에 대해서는 한마디도 언급하지 않는 거죠? 당신도 중도에 함정에 빠졌다가 겨우 탈출해서 그곳의 상황을 알리고 도움을 청하기 위해서 돌아왔다는 제갈 군사의 말을 믿는 건가요?"

남궁유화의 질문이 끝나자 남궁유아와 남궁유진은 말할 것도 없고, 어째 오늘 내내 매사에 심드렁한 태도를 보이던 희여산까지 눈을 빛내며 그를 주시했다.

이제 보니 그들 모두가 제갈현도에 대한 문제를 매우 심각하게 생각하고 있었던 것이다.

그러나 설무백은 그들의 반응과 상관없이 무심하게 물었다.

"도착한 직후에 혼절해서 아직까지 깨어나지 못한 채 사경을 헤매고 있다며?"

남궁유화가 냉정하게 대답했다.

"사경을 헤매는 건 아니에요. 그저 깨어나지 않고 있을 뿐이죠."

설무백은 못내 속으로 웃었다.

남궁유화의 대답이 재미있었다.

지금 그녀는 제갈현도가 깨어나지 못하는 게 아니라 깨어나지 않는 것이라고 말하고 있지 않은가.

그녀는 제갈현도의 혼절조차 작위적인 것으로 의심하고 있는 것이다.

설무백은 그런 그녀의 속내를 익히 잘 알면서도 굳이 외면하며 대수롭지 않게 대답했다.

"그러니까. 정신도 없는 사람을 두고 무슨 말을 하겠어. 정신이 또렷한 간자들이 부지기수인 게 작금의 무림맹이라는 걸 몰라서 그래?"

남궁유화가 말문이 막힌 표정으로 입을 다물었다.

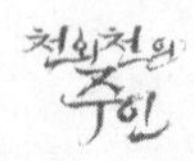

잠들어 있는 제갈현도를 의심하기에 앞서 깨어 있는 간자들이나 제대로 색출하라는 설무백의 질타를 제대로 수긍한 것이다.

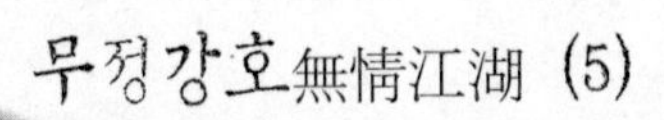
무정강호無情江湖 (5)

"그럼 마지막으로 하나만 더 물을게요. 당신은 마교의 무리에서 천사교의 위치는 어디쯤이라고 생각해요?"

"내가 보기엔 불행 중 다행이게도 천사교는 마교의 무리들에서 손꼽힐 정도로 강한 세력이야. 그래서 요즘 보이는 그들의 침묵 속에 한 가지 이유가 더 있을 수도 있다고 생각하고 있지."

"뭐죠, 그게?"

"세간에 자기들이 좋은 사람, 아니, 좋은 세력이라는 인식을 심으려는 노력하는 거야."

"예?"

"과거 인신공양으로 얼룩진 마교에 대한 인식은 정말 최악이지. 천사교가 불편하고 거부감이 들며, 나쁘다는 인식은 바로 그 마교 때문이고 말이야. 어쨌거나 천사교는 마교의 하수인에 불과하니까. 지금 천사교는 그 인식을 바꾸려는 거야. 마교의 일원이 분명하면서 마교와 자기들은 다르다고 주장하려는 거지."

"미친놈들이네! 세상 사람들이 다 바보천치도 아니고 어떻게 그게 가능하다고……?"

"가능해. 실행하기가 좀 까다로워서 그렇지."

"……어떻게요?"

"마교로 인해 덧씌워진 천사교의 평판이, 바로 마교 때문에 사람들의 마음에 굳어진 천사고에 대한 견해가 사실은 다탕성이 결여된 그릇된 인식에 불과한 편견이라고 생각하게 만드는 거야."

"그러니까, 어떻게요?"

"이도저도 아닌 힘을 가지고 있을 때는 몰라도, 강한 힘을 가지고 있을 때는 그런 인식을 바꾸는 게 그다지 어렵지 않아. 약자의 도발에도 싸우지 않고, 죽여도 괜찮을 자들도 그냥 살려주며 잠잠히 있기만 하면 되거든. 소위 배려라고 하는 거지. 할 수 있지만 안 한다. 왜? 나는 착하니까."

"고작 그걸로 가능하다고요?"

"황당하게 들리나?"

"당신은 안 황당해요?"

"응."

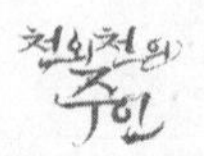

“…….”

“당신이 밑바닥 인생들의 삶을, 거기 사는 인간들의 심리를 전혀 몰라서 그래. 귀족이잖아 당신. 그들의 심리를 알면 지금 내게 그런 같잖다는 눈빛은 절대 못 던질 걸 아마?”

“……좋아요. 그럼 귀족인 나도 당신 말을 이해할 수 있게끔 제대로 설명해 봐요. 나는 고사하고, 어린아이도 능히 알아들을 수 있도록 쉽게 설명할 수 없으면 그건 당신도 진정으로 그들의 심리를 아는 게 아니라고 생각해요.”

“그것 참 설명하지 않을 수 없게 만드는 도발이군.”

“제 장기죠.”

“이를 테면 이런 거야. 하루도 빠짐없이 오만가지 트집을 잡으며 굶기고 두들겨 패는 무술도장의 무공교두가 어느 날 하루 갑자기 어깨를 두드려 주며 공생한다는 말 한마디 건네면 수련생은 정말 왈칵 눈물이 쏟아질 정도로 감격하지. 반면에 하루도 빠짐없이 다독여 주고 이것저것 다 챙겨 주며 다정하게 굴던 무공교두가 어느 날 하루 갑자기 늘 챙겨 주던 음식을 깜빡 잊고 챙겨 주지 않으면 수련생은 서운함을 넘어 화가 나게 되지. 어쩌면 속으로 ‘이 새끼가 그걸 까먹어?’라며 욕을 할지도 몰라. 배려와 호의가 계속되면 그게 자신의 권리라고 생각하는 것이 보통 인간의 알량한 양면성이거든. 어때? 설명이 됐나?”

“……무슨 말인지는 알겠는데, 설마 그렇게나 의리가 없을

까요 사람들이?"

"의리?"

"뭐죠, 그 반응은?"

"아니, 그냥 하도 신선한 말이라서."

"신선이요? 세상에 의리 따위는 없다는 건가요?"

"없다고 생각하진 않아. 거의 없을 정도로 매우 드물다고 생각할 뿐이지."

"대체 그런 사람이 나는, 아니, 우리는 어떻게 믿고 같이 일을 하는 거죠?"

"무슨 소리야? 누가 누굴 믿어? 내가 당신들을?"

"우리도 안 믿는다고요?"

"당연하지. 나는 당신들 안 믿어. 그저 필요할 뿐이지. 필요하니까 같이 가는 거야. 그리고 그건 내가 선택한 거니까 나중에 배신을 당해서 등에 칼을 맞더라도 능히 감수할 생각이 있고. 그러니까 이건 믿음이나 신뢰 따위와는 다른……!"

"알았어요. 충분이 알아들었으니까 그만하죠. 의리 따위와 무관하게 필요한 이상 믿어 줄 테니까 쓸데없는 생각 말고 맡은 일이나 제대로 해라 이거잖아요. 걱정 말아요. 요령피우지 않고 잘해 볼 테니까. 다른 걸 다 떠나서 나 역시 이도저도 아니게 멍청이처럼 굴다가 개죽음 당하는 건 딱 질색인 사람이에요."

"다행이군."

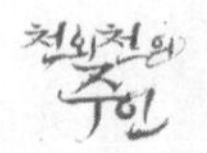

"뭐가요?"

"귀족의 고지식함은 차원이 다른 무식과 같아서 아무리 말을 해 줘도 제대로 알아듣지 못하는 자들이 태반인데, 당신은 그 정도로 꽉 막힌 귀족은 아니라서 말이야."

"어째 욕으로 들리는걸요?"

"칭찬이야."

"그렇다고 해 두죠. 그리고 걱정 말아요. 나 역시 꽉 막힌 귀족 노릇은 지금까지 해 온 것만으로도 충분히 지겨워하고 있으니까."

"그렇군. 음, 저기, 그렇다면 말이야. 혹시……? 음…… 아니다!"

"혹시 뭐요? 왜 기분 나쁘게 말을 하다가 말아요?"

"아니, 그게 아니라, 이거."

"……웬 주머니예요?"

"정말 스스로의 능력으로 해결할 수 없다고, 실로 막다른 길목이라고 판단되는 일에 직면했을 때 열어 봐."

"설마 그 답에 여기에 들어 있다는 건가요?"

"뭐 대충 그래."

설무백은 원래 속내를 감추고 살지 않았다.

전생에도 그랬고, 환생한 이후에도 그랬다.

하고 싶은 말이 있으면 거의 다 감추지 않고 그냥 해 버리는 성격이었다. 그런데 묘하게도 그는 왜 그러는지 모르게 남궁유화에게는 그러지 못하고 말았다.

분명히 고심 끝에 아이에 대해서 물어보려고 마음을 먹었는데, 차마 입 밖으로 내지 못하고 삼켜 버렸다.

실로 그답지 못한 행동이었다.

'바빠서야. 사실이 그렇다고 드러나도 따로 챙겨 줄 시간이 없잖아. 분명히 그래서 본능적으로 말문이 막혀 버린 거야.'

그렇다. 실로 그런 것이다.

남궁유화 등과 헤어져서 남쪽으로 이어진 관도에 올라선 설무백은 내심 그렇게 자위하며 못내 쓰게 자책하던 마음을 지웠다.

그런 방면으로 경험이 없는 그로서는 그것이 실로 치기어린 아이의 우스꽝스러운 변명으로밖에 안 느껴진다는 것도 전혀 느끼지 못하고 있었다.

내색을 삼갔을 뿐, 내내 산란한 마음으로 전전긍긍하던 설무백이 그렇게 마음을 다잡았을 때였다.

공야무륵이 마치 그 순간을 기다린 것처럼 곁으로 다가와서 그에게 고개를 기울이며 소곤거렸다.

"저 녀석 저거 그냥 가만히 두면 한없이 저렇게 따라올 것 같은데요?"

설무백은 발길을 멈추며 어둠에 잠긴 뒤쪽의 관도를 돌아보았다.

경황 중에 귀찮아서 그냥 내버려 둔 녀석이 그와 동시에 재빨리 숨을 죽이고 있었다.

어련히 알아서 나타나겠거니 하고 내버려 둔 것인데, 꼴을 보니 공야무륵의 말마따나 그대로 두면 정말 한없이 지금처럼 조용히 따라올 것 같았다.

그렇게 둘 수는 없었다.

짧게 한숨을 내쉰 그는 관도의 저편 어둠을 향해 손짓했다.

"나와."

나오지 않았다. 오히려 숨을 죽이며 더욱 웅크리고 있었다.

"지금 안 나오면 영영 내 앞에 나서지 못하게 할 거다."

설무백가 연이어 경고하자, 어둠 속에 웅크린 채 숨죽이고 있던 녀석이 마침내 모습들 드러냈다.

어기적어기적 어둠을 벗어나서 관도로 나서며 그의 눈치를 보는 녀석은 예상대로 무진개 천이탁이었다.

설무백은 찌푸린 눈가로 천이탁을 쳐다보며 물었다.

"왜? 무슨 일로?"

천이탁이 선뜻 대답하지 않고 쭈뼛쭈뼛 뜸을 들였다.

거지답지 않게 머리에는 비취가 박힌 영웅건을 두르고, 허리에는 보석으로 장식된 허리띠를 둘러서 명문가의 자제인가 싶은 외관은 여전했으나, 태도는 전에 없이 소침해진 모습이었다.

설무백은 왜 그런지 이유를 알기에 내심 고소를 금치 못하며 눈총을 주었다.

"말 안 해? 그냥 가?"

천이탁이 은근슬쩍 설무백이 아니라 딴 곳을 쳐다보며 대답했다.

"다른 게 아니라, 사부님이 전해 주라는 말이 있어서. 일전에 황칠개 어른이 찾아갔을 때 사부님 편을 들어주었다며? 그거 고마웠다고 전해 주라네."

설무백은 짐짓 따지듯 물었다.

"당사자는 어디 가고, 그걸 왜 네가 와서 전하는 건데?"

천이탁이 재빨리 손사래를 치며 대답했다.

"오해하지 마. 무슨 다른 이유가 있어서 그런 게 아니라, 진짜 어디를 좀 가셔서 내가 온 거니까."

설무백은 절로 고소를 금치 못했다.

천이탁이 거짓을 고하고 있어서가 아니었다.

전에 없이 잔뜩 기가 죽은 태도가 우스꽝스럽게 보일 정도로 너무 어울리지 않아서였다.

"알았어. 오해 안 하고, 잘 알았으니까 그만 가 봐."

"저기……!"

천이탁이 급히 말문을 열어서 돌아서려는 설무백을 잡아 놓고 다시금 쭈뼛거리며 눈치를 보다가 어렵사리 말문을 열었다.

"……하나 더. 개방은 앞으로 풍잔을 지지하는 동료라는 말

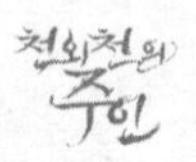

도 전해 주랬어. 개방이 필요하면 언제든지 불러 달라는 말도."

설무백은 픽 웃으며 물었다.

"거기 네 생각은 없냐?"

천이탁이 재빨리 힘주어 대답했다.

"나야 늘 네 편이었지! 정말이야!"

그리고 히죽 웃었다.

설무백은 다시 돌아온 천이탁의 넉살에 가볍게 따라 웃으며 말했다.

"알았으니까, 가서 전해 드려. 나 역시 같은 생각이라고. 풍잔은 개방을 지지하는 동료라고."

천이탁이 반색하며 불끈 주먹을 들었다.

불끈 주먹을 든 것은 북받친 감정에 겨워서 자신도 모르게 나온 행동이었다.

그는 이내 자신의 실태를 깨달은 듯 슬며시 손을 내려서 공수하고 돌아섰다.

"알았어! 그럴게!"

설무백은 저 멀리 어둠과 동화되어 가는 천이탁의 모습을 바라보며 절로 싱긋 웃었다.

역시나 천이탁은 저렇게 유쾌한 모습이 어울렸다.

그때 공야무륵이 다시금 그를 향해서 고개를 기울이며 소곤거렸다.

"다른 녀석들은 어떻게 할까요?"

"어떻게 하긴!"

설무백은 안색을 바꾸며 냉정하게 말했다.

"죽여야지!"

무림맹을 벗어난 설무백 일행을 은밀하게 뒤따른 미행자는 천이탁만이 아니라 더 있었다.

그리고 지금 장내의 주변에 은신해서 숨죽이고 있는 그들, 다른 미행자들은 천이탁과 달리 일말의 호감도 담기지 않은 눈초리로 그들을 주시하고 있었다.

그런 자들을 살려 둘 이유는 설무백에게 없는 것이다.

"배후도 안 밝히고요?"

공야무륵이 의외라는 태도를 보였다.

설무백은 대수롭지 않게 대답했다.

"사방팔방 째고 쌘 것이 적인데, 그놈들 배후를 언제 다 캐고 앉아 있어. 그냥 없애고 말지."

"흐흐, 그럼 그러죠, 뭐."

공야무륵이 마다할 일이 아니라는 듯 누런 이를 드러내며 히죽 웃는 낯으로 도끼를 꺼내 들었다.

설무백은 그런 그의 어깨를 잡아서 돌아서지 못하게 막았다.

"너 말고. 얘들은 흔적을 남기지 않는 게 좋은데, 네가 처리하면 흔적을 지우는 시간이 더 들어서 안 돼."

공야무륵이 아쉬움의 입맛을 다시는 사이, 설무백의 명령이 떨어졌다.

"흑영과 백영이 처리해!"

"옙!"

흑영과 백영이 거의 동시에 대답했다.

다음 순간, 설무백의 지근거리에서 바람처럼 좌우로 흩어지는 기척이 있었다.

뒤를 이어 그 바람이 스며든 좌우측의 수풀 속에서 억눌린 신음이 연이어 흘러나왔다.

생명이 지워지는 소리였다.

어지간히 귀가 밝은 사람도 쉽게 듣기 어려운 그 소리를 설무백은 또렷하게 들을 수 있었고, 그래서 이내 모든 미행자가 제거되었음을 인지한 그는 느긋하게 발걸음을 옮겼다.

"가자."

묘하게도 설무백의 발길은 앞서 지나왔던 관도를 향해 돌려져 있었다.

관도를 거슬러서 도심을 향해 방향이었다.

공야무륵이 아무렇지도 않게 묵묵히 그의 뒤를 따랐다.

무림맹을 벗어난 그들이 서쪽으로 이어진 관도로 들어선 것은 순전히 도심으로 가려는, 정확히는 흑점으로 돌아가려는 행적을 감추기 위함이었던 것이다.

흑점으로 돌아간 설무백은 혹시나 하는 마음에서 우선적으로 흑혈의 상태부터 살폈다.

흑혈이 아직 운기행공에서 깨어나지 않고 있었기 때문이다.

그러나 흑혈은 별다른 이상이 없었다.

흑혈의 상세는 매우 안정적이었다.

그저 무아지경에 빠져서 시간의 흐름을 잊고 있을 뿐이었다.

그리고 그것은 더 없이 고무적인 징조였다.

과연 어느 정도의 시간이 더 걸릴지는 모르겠으나, 운기행공을 마치고 깨어난 흑혈은 아마도 이전과 크게 달라진 모습으로 성장해 있을 터였다.

흑혈의 그와 같은 상태를 알려서 알게 모르게 노심초사하고 있던 야제 등 흑점의 삼태상을 안심시킨 설무백은 곧바로 그 자신도 연공과 연무에 들어갔다.

삼태상과의 약속대로 흑점의 사자들을 지도하기 위해서 풍잔에 있는 몇몇 인물을 호출했는데, 그들이 도착하려면 적어도 사나흘은 기다려야 하기 때문에 그 시간을 활용해서 삼태상이 전해 준 절기들을 익혀 보려는 것이었다.

설무백은 삼태상이 전해 준 절기를 사사무가 이끄는 이매당의 매자들에게 전수할 생각을 하고 있었다.

강호무림의 싸움은 대대적인 전면전보다도 물밑에서 벌어지는 암투가 더 중요시되기 때문이다.

설무백은 그런 싸움을 위해서 조직한 이매당의 전력을 최대한 높여둘 필요성이 있다고 판단한 것이다.

굳이 언급하자면 전생의 그와 그가 지휘하던 흑사자들이 바로 그런 유형의 싸움을 위해서 조직된 집단이었고, 당시 쾌활

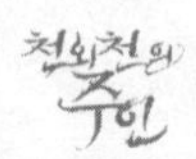

림은 그들로 인해 흑도의 주도권을 잡았었다.

그래서였다.

삼태상이 전해 준 절기를 이매당의 매자들에게 알려 주려면 우선 그가 먼저 익혀야 했다.

구결만 전해 주는 것으로는 부족하다는 생각이었다.

타고난 무재가 아니라면 구결만으로 수련하는 무공에는 한계가 있고, 고도의 무공일수록 그 한계가 더욱 두드러지기 마련인데, 삼태상이 전해 준 절기는 하나같이 절초들이었다.

가히 저마다 강호일절로 부족함이 없는 고절한 절기들이라, 매자들을 조금이라도 빠르게 수련시키려면 그가 먼저 깨우쳐서 일정 부분 경지를 이루고 있어야 하는 것이다.

우선 흑혈과 더불어 흑점의 사신으로 불리는 삼태상이 건네준 절기를 살펴보면 이랬다.

일인전승의 문파인 공공문의 대를 이은 야제는 수많은 경공술을 습득한 경공의 대가답게 하나의 보법을, 본디 정사지간의 최고수들이라는 이십팔숙의 대숙인 구천노조 호연작인 흑천신은 외문기공의 달인답게 한초식의 호신기공을, 유령노조는 대뢰음사의 주지이자, 포달랍궁의 금륜대법왕과 더불어 서장 무림의 양대 산맥으로 군림한다는 뇌정마불 아란타의 대제자였다는 내력을 가진 사람답게 변화무쌍하다 못해 요사스러운 한초식의 검법을 내주었다.

이매신보(魑魅神步)와 건곤천화강(乾坤天華罡), 사령일검(死靈一

劍)이 바로 그것이었다.

설무백은 하루를 세 번으로 쪼개서 그것들을 수련했다.

그리고 닷새가 지났을 때였다.

세 가지 무공 다 입문 단계를 넘어서 어느 정도의 경지에 접어든 그 시점에 그가 호출한 풍잔의 식구들이 도착했다.

세 사람, 풍사와 철마립, 그리고 다른 여인의 모습으로 역용한 대력귀였다.

"주군을 뵙습니다!"

"별일 없으셨습니까, 주군. 신수가 훤하십니다 그려?"

"무슨 일로 부른 거예요?"

철마립이 더 없이 정중해서 경건하게까지 보이는 태도로 두 손을 모아서 포권의 예를 취하고, 풍사가 담백하게 고개를 숙이며 안부를 묻는 사이, 대력귀가 두 눈을 멀뚱거리며 묻고 있었다.

풍잔에서 사람이 왔다는 전갈을 듣고 제일 먼저 설무백의 거처인 객청으로 달려온 야제가 저마다 다른 그들의 태도를 보고 히죽 웃었다.

"과연 누가 사제의 식구들 아니랄까 봐 다들 개성이 철철 넘치네. 좋았어. 기대 이상이야."

야제는 아이처럼 희희낙락하며 뒤를 이어 도착해서 그들을 살피던 흑천신과 유령노조에게 시선을 주었다.

의견을 묻는 것이다.

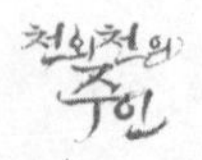

육천신이 역시나 만족한 듯 고개를 끄덕이면서도 신중한 태도를 견지했다.

"쓸 만한 것 같기는 하지만, 그래도 시험은 해 봐야지 않나?"

"좋지."

유령노조가 바로 동조하며 보다 더 적극적으로 나섰다.

"내친김에 바로 자리를 옮기는 게 어때?"

"하여간 싸움 구경이라면 환장들 해요. 야, 이 늙은이들아, 지금 우리 통성명도 안 했다. 뭐가 그리 급해서 난리야?"

한심하다는 듯 혀를 끌끌 차며 중재한 야제의 시선이 설무백에게 향했다.

설무백은 대수롭지 않게 고개를 끄덕이며 풍사 등을 향해 야제와 흑천신, 유령노조를 소개했다.

"흑점의 어른들이야. 대외적으로 흑점의 공동 주인인 사신의 세 분으로, 내부에서는 삼태상으로 불리시지. 좌측부터 야제, 흑천신, 유령노조 노야지. 인사들 해."

풍사를 시작으로 철마립과 대력귀가 차례대로 인사했다.

"풍사외다."

"철마립니다."

"대 아무개예요."

삼태상이 어리둥절해하는 표정으로 고개를 갸웃거리며 대력귀를 보고 다시 설무백에게 시선을 돌렸다.

"대 아무개?"

설무백은 낸들 아냐는 듯 태연하게 어깨를 으쓱해 보이고는 슬쩍 대력귀를 쳐다보며 물었다.

"그럴 만한 이유라도 있어?"

대력귀가 어색한 미소를 흘리며 야제 등을 둘러보았다.

"알아서 좋을 게 있나 싶어서요. 예전에 직업상 이것저것 조금 엮인 것이 있거든요."

야제가 그때 눈치챘다.

"설마 너……?"

설무백은 대수롭지 않게 말했다.

"괜찮아. 이제 한식구와 다름없으니 옛일을 문제 삼지는 않을 거야."

"그렇다면야 뭐……."

대력귀가 알았다는 듯 고개를 끄덕이며 본래의 얼굴로 돌아갔다.

슬쩍 손을 들어서 얼굴을 문지르자 그렇게 되었다.

참으로 기가 막힌 역용술이었다.

"역시 너였구나, 도둑년!"

야제가 바로 알아보며 투덜거렸다.

뒤늦게 알아본 흑천신과 유령노조가 오만상을 찡그렸다.

"대력귀……?"

대력귀가 싱긋 웃는 낯으로 그들을 향해 공수했다.

"대력귀예요. 부디 너그러운 마음으로 지난 일은 잊고 앞으

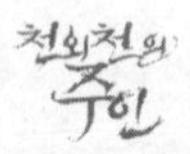

로 잘 지내길 바라요, 노야들."

야제과 흑천신, 유령노조가 벌레 씹은 표정으로 변해서 대력귀를 바라보았다.

지금 이걸 그냥 인사를 받아야 하나 말아야 하나 참으로 고민스럽다는 표정들이었다.

설무백은 호기심에 물었다.

"대체 무슨 일인데 그래?"

대력귀를 향해 물었는데, 야제가 나서며 대답했다.

"천하의 그 누구라도 우리 흑점의 율법을 어기면 살명부에 이름을 올리게 되지. 세상에는 참으로 간 큰 자들이 많아서 그간 숱하게 많은 자들이 우리 흑점의 살명부에 이름을 올렸는데, 그중에 살아남은 사람은 고작 열 명을 넘지 않아. 정확히 아홉 명이지. 그중의 하나야, 저 도둑년이!"

대력귀가 한마디 했다.

"듣는 도둑년 기분 나쁘네요. 도둑년은 맞지만 그렇다고 면전에서 그러는 건 아니라고 봐요, 나는."

야제의 눈빛이 사나워졌다.

설무백은 먼저 나서서 물었다.

"그러니까, 무슨 일이냐고요?"

야제가 잊고 있던 지난 일이 떠오르자 감정이 북받치는지 씨근덕거리며 대꾸했다.

"도둑년이라고 했잖아. 우리 흑점의 야시에서 물건을 움쳤어. 하물며 우리 흑점이 직접 운영하는 상점에서 그것도 천하의 무가지보인 천산보갑(天山寶甲)을 말이야."

천산보갑이라면 천산파의 주력가문인 천산적가의 보물인 무가지보로, 과거 천산파가 중원 침공에 실패하고 물러갈 당시에 소실되었다고 알려진 무림십대기문병기의 하나였다.

설무백은 시선을 대력귀에게 돌렸다.

무슨 할 말이 있으면 해 보라는 의미였다.

대력귀가 기다렸다는 듯 설무백이 아니라 야제를 노려보면서 말했다.

"억지 좀 그만 부리시죠? 엄연히 돈을 지불하고 가져갔는데, 그게 왜 도둑질이에요?"

"주인이 안 판다고 했잖아!"

"가격표가 붙여진 물건을 안 판다는 게 말이 돼요? 그럼 그건 다른 허접한 물건을 팔기 위해서 순전히 호객 행위로 걸어 놨다는 건데, 천하의 흑점에서 그런 사기를 쳐도 되는 거예요?"

"사, 사기?"

야제의 눈이 커졌다.

살기까지는 아니었으나, 가없는 적개심이 부상하고 있었다.

설무백은 가볍게 발을 굴렀다.

쿵-!

지축이 울리며, 건물이 부르르 진동했다.

야제와 대력귀는 물론, 곱지 않은 시선으로 대력귀를 주시하

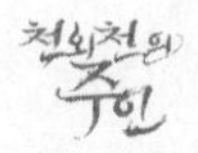

고 있던 흑천신과 유령노조까지 흠칫 놀라며 설무백을 바라보았다.

설무백은 모든 좌중의 시선을 아무렇지도 않게 감당하며 차분하게 말했다.

"지난 일 가지고 이러지 말죠? 이미 한식구가 되었는데, 그 정도 오해는 풀 수 있잖아요?"

대력귀와 야제 등은 그저 바라볼 뿐 대답하지 않았다.

대력귀는 몰라도, 야제 등은 쉽게 풀릴 앙금으로 보이지 않았다.

설무백 때문에 애써 참고 있는 것 같았다.

대력귀는 일개 개인의 문제에 불과하지만, 야제 등은 흑점이라는 단체의 명성과 명예가 걸린 문제라 전혀 이해 못할 것도 아니었다.

설무백은 어쩔 수 없이 대력귀를 향해 물었다.

"돌려줄 수 있어? 그간 내가 본 적이 없는 것으로 봐서 그냥 어디 꿍쳐 놓고 있는 거니까, 돌려줘도 상관없지 않나?"

대력귀가 쓰게 입맛을 다시며 대답했다.

"미안해요. 상황을 봐서 나도 그렇고 싶은데, 애석하게도 지금은 그게 내 물건이 아니에요."

야제 등이 청천벽력 같은 소리라도 들은 것처럼 두 눈을 휘둥그렇게 떴다.

설무백은 그들이 나서기 전에 먼저 물었다.

"팔았다는 거야?"

대력귀가 고개를 저었다.

그리고 야릇하게 변한 눈초리로 야제 등을 살피며 대답했다.

"내내 가지고 있었는데, 얼마 전에 기룡에게 줬어요."

"기룡이에게……?"

설무백은 그녀의 입에서 의외의 이름이 튀어나오는 바람에 적잖게 놀랐다.

대력귀가 빙그레 웃으며 말했다.

"요즘 노야들에게 지도받고 있잖아요. 근데, 하도 상처투성이 몸으로 구르기에 도움이 될까 해서 주었죠."

야제가 끼어들며 물었다.

"기룡이가 누군데?"

대력귀가 기다렸다는 듯 친절하게 대답했다.

"모르시나 보네요? 우리 주군의 제자예요. 하나뿐인 제자죠."

야제의 얼굴이 볼썽사납게 일그러졌다.

흑천신과 유령노조도 대번에 난감해진 표정으로 바뀌었다.

설무백은 그제야 알았다.

대력귀의 말은 거짓이었다.

그게 단순한 욕심인지 아니면 그저 막연한 오기인지는 모르겠으나, 천산보갑을 넘겨주기 싫어서 정기룡을, 아니, 그를 이용하고 있는 것이다.

설무백은 내심 고소를 못하며 야제 등을 향해 말했다.

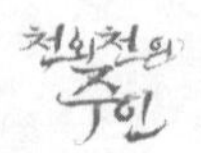

"들었다시피 사정이 묘하게 되었네요. 그러니 이렇게 하시죠. 애에게 준 물건을 다시 뺏는 것도 좀 그러니, 제가 그 값을 치르겠습니다. 그럼 되겠죠?"

야제가 자못 곱지 않은 시선으로 설무백을 노려보며 웃었다.

"사제, 자네도 얄미워. 내가 그래도 명색이 그 아이의 사백인데, 어떻게 사백이 사질의 옷을 벗길 수 있을 거라고 그런 소리를 하나 그래."

그는 슬쩍 대력귀를 일별하며 다시 말했다.

"그냥 둬. 저 도둑년의, 아니, 자네 수하의 잔머리에 내가 완전히 졌네. 무조건 백기 들고 항복이야."

자못 울상으로 변한 그의 시선이 흑천신과 유령노조에게 돌려졌다.

"상황이 이러니 어쩌겠나. 내 얼굴을 봐서 그냥 넘어가 줄 수 있지?"

"다른 도리가 없지."

흑천신과 유령노조가 어쩔 수 없다는 듯 쓴 웃음을 지으며 대답하고는 이내 설무백을 향해 말했다.

"흑혈 그 아이가 이 자리에 없는 것 다행으로 알아. 그 아이가 책임지던 야시에서 벌어진 일이라 있었으면 정말 난리도 아니었을 게야. 그리고 시험은 포기 못해! 그건 그거고 이건 이거니까!"

설무백은 기꺼이 대답했다.

"여부가 있나요. 할 건 해야죠."

야제가 이때다 싶은 표정으로 나서서 결연한 눈빛으로 대력귀 등을 둘러보며 경고했다.

"단단히 각오해야 할 게야! 아니다 싶으면 바로 내쫓아 버릴 테니까!"

아무리 그래도 야제와 흑천신, 유령노조가 나서서 풍사 등을 시험할 수는 없었다.

그건 설무백이 반대했다.

승패를 떠나서, 그건 시험이 아니라 비무로, 더 나아가서 싸움으로 변질될 가능성이 매우 농후했다.

설무백은 풍사와 철마립, 대력귀의 실력이 결코 야제나 흑천신, 유령노조의 아래가 아니라고 생각하기 때문이다.

그리고 다행히 흑점에는 그들의 무력을 시험해 보기에 적당한 인물들이 있었다.

흑점의 사방을 관장하는 네 명의 관사와 흑혈을 보좌하며 흑점의 본점을 관리하는 수관사 방척이 바로 그들이었다.

전날 흑점의 사자들을 수련시키겠다는 설무백의 말에 따라 그들, 오대관사도 소집되었는데, 원래 본점에 있던 수관사 방척은 차치하고, 이미 두 사람이 도착해 있었다.

"명색이 시험인데, 다 할 필요는 없겠지. 그쪽, 대력귀 소저는 굳이 확인할 필요도 없는 사람이기도 하고. 간단하게 대표로 한 사람만 보자고. 누가……?"

"제가 합니다."

모두가 의견의 일치를 보고 옮긴 자리인 연무실이었다.

설무백의 요구에 따라 흑점에 있는, 그리고 다른 지점에 있다가 호출된 흑점의 사자들이 모두 집결한 가운데, 심판관으로 나선 흑천신의 말이 끝나기도 전에 풍사가 나서고 있었다.

흑천신이 묵묵히 고개를 끄덕이며 한쪽에서 대기하는 오대관사의 셋을 바라보았다.

그의 시선이 닿자마자, 그들도 사전에 이미 누가 나설지 정해 놓은 듯 기다렸다는 듯이 나서는 사람이 있었다.

"제가 나서도록 하지요!"

수관사 방척이 나설 줄 알았는데, 아니었다.

지난날 설무백이 흑점의 야시에서 인연을 맺은 서방관사, 바로 전대의 흑도 고수인 파천상인이 나서고 있었다.

설무백은 내심 고개를 끄덕였다.

파천상인의 기도가 예사롭지 않았다.

지난번 그에게 속절없이 당한 패배의 쓰라림을 도약의 발판으로 삼은 모양이었다.

얼핏 봐도 비약적으로 발전한 모습이었다.

흑천신이 그런 파천상인을 일별하며 설무백에게 시선을 주었다.

설무백은 그저 어깨를 으쓱해 보이는 것으로 아무런 불만이 없다는 의중을 드러냈다.

흑천신이 그제야 마주 서서 대치하는 두 사람에게 충고하며 뒤로 물러났다.

"전력을 다해라. 그래야 알지. 그러니 살심(殺心)을 금하더라도 살기는 어쩔 수 발현되는 것이니만큼, 감당하지 못할 것 같으면 각자가 알아서 먼저 물러나도록!"

풍사가 히죽 웃으며 만족해했다.

"그것 참 마음에 드는 규칙이네."

서방관사, 파천상인이 여유만만인 풍사의 태도가 마뜩잖은지 살짝 미간을 찌푸리며 혁대를 풀었다.

그의 혁대는 보통의 혁대와 달리 허리에서 풀어짐과 동시에 빳빳하게 펴졌다.

연검이었다.

형태는 협봉검처럼 생겼으나, 폭이 좁은 검신이 매미의 날개처럼 투명한 기문병기인 그의 애병, 천섬이었다.

설무백은 새삼 속으로 감탄했다.

협봉검을 뽑아 든 파천상인의 기세가, 전신을 아우르는 무형지기 아래 검극을 타고 일렁이는 검기가 예전과 비할 바 없이 강렬했기 때문이다.

그런 그의 시선을 의식했는지, 파천상인이 힐끗 쳐다보았다.

마치 '어떠냐?'라고 자랑하는 듯한 눈빛이었다.

설무백은 무심하게 손을 들어서 그런 그의 전면을, 바로 풍사를 가리켰다.

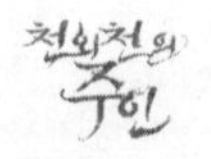

네 상대는 내가 아니라 풍사라는 의미였다.

"흥!"

파천상인이 그런 설무백의 태연한 반응이 마뜩잖은 듯 코웃음을 치고는 풍사에게 시선을 돌리며 말했다.

"병기를……!"

'뽑아라'는 말은 이어지지 못했다.

파천상인의 권유가 무색하게 풍사의 손에는 벌써 시커먼 한 자루 양날 창이 들려 있었다.

설무백의 흑린처럼 양쪽 끝으로 날이 달려 있고, 그 두 개의 창극과 열한 개의 강철 토막으로 나누어진 몸체 중심을 쇠사슬이 연결하고 있는 조립식 협인장창, 흑비였다.

평소에는 양쪽의 창날까지 열세 개의 토막으로 접어서 허리춤에 매달고 다니기 때문에 다른 사람의 눈에는 그저 멋으로 치장한 쇠스랑더미로 보이지만, 중동의 토막 사이에 뚫린 구멍으로 삐져나온 쇠사슬을 당기면 쇠토막들이 붙어 버리며 길이가 일장에 달하는 양날 창으로 변하는 것이다.

풍사가 그 양쪽에 날을 가진 협인장창, 흑비의 한쪽 날을 오른쪽 아래로 비스듬히 벌려고 왼손의 팔뚝을 수평으로 만들며 살짝 고개를 숙이는 것으로 예(禮)를 표했다.

창을 든 채 취하는 인사였다.

그리고 태세를 갖추었다.

창대를 허리에 낀 상태로 자세를 낮추고, 창끝을 비스듬히

사선으로 내려서 지면을 가리키는, 어딘지 모르게 불안정해 보이는 태세였다.

파천상인이 고개를 갸웃했다.

풍사의 태세가 상대의 공격에 대비하며 공격을 준비하는 중원의 보편적인 기수식과 궤를 달리하고 있었기 때문이다.

그때 풍사의 자세를 유심히 쳐다보던 흑천신이 미간을 찌푸리며 설무백을 향해 말했다.

“양가창법(陽家槍法)을 사사한 거냐?”

양날 창이 양가장의 전유물은 아니지만, 양가장의 표상인 것만큼은 틀림없는 사실이었다.

하물며 신창 양세기가 양날 창으로 무림십대고수의 한자리를 차지하고 난 이후부터는 더욱 그랬다.

다만 흑천신는 양날 창이 아니라 풍사의 태세를 주목하고 있었다.

무공광으로 불리는 무인답게 그는 양날 창과 상관없이 풍사의 태세를 보고 그것이 양가창 비전의 수법과 유사함을 간파한 것이다.

그러나 설무백은 그런 그의 말을 간단하게 부정해 버렸다.

“아니요. 그런 일 없는데요? 양가창의 비전은 오직 양가장의 후예와 제자들에게만 전해집니다. 아무리 저라도 가문의 비전을 밖으로 빼돌린다는 것은 말이 안 되죠.”

사실이었다.

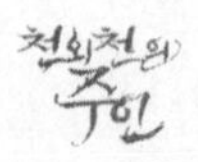

설무백은 양가창의 비전을 풍사에게 전해 준 적이 없었다.

다만 그는 그동안 틈틈이 풍사가 익힌 광풍사의 창술을, 정확히는 광풍사의 전사들이 익히는 광풍창술과 광풍사의 대랑만 익힐 수 있다는 창술인 풍령비류결(風靈沸流結)의 투로를 보다 효율적으로 교정해 주었다.

아마도 그래서일 것이다.

지금 풍사가 펼치는 창술은 중원의 창술은 물론, 양가창의 비전과도 궤를 달리하는 무공이긴 하나, 어쩔 수 없이 설무백의 입김이, 바로 양가창의 기풍이 스며 들어가 있었다.

즉, 풍사가 펼치는 광풍창과 일명 풍령창으로 불리는 풍령비류결은 모순적이게도 양가창과 궤를 달리하면서도 양가창의 기풍이 스민 요사스러운 무공으로 변해 버린 것이다.

'과연 그동안 얼마나 갈고 닦았는지는 모르겠지만……!'

지극히 실전적인 창술인 광풍창과 고도의 절기인 풍령창의 진수에 깊이와 무게를 중시하는 양가창의 기풍이 가미되어 완성된 풍사의 창술은 그야말로 천하양대창술인 양가창이나 조가창(趙家槍)과 어깨를 나란히 하는 명품이었다.

모르긴 해도, 실용적인 면에서는, 바로 살인적인 면에서는 양가창이나 조가창을 능히 앞선다는 것이 믿어 의심치 않는 설무백의 평가였다.

"……."

설무백이 내심 그런 생각을 하는 사이, 흑천신의 표정은 묘하게 찌푸려지고 있었다.

적어도 무공에 대해서만큼은 자신의 눈을 믿는 그의 입장에 선 설무백의 부정을 솔직하게 받아들이기 어려웠기 때문이다.

게다가 그는 설무백과 풍사의 관계가 어느 정도나 돈돈한 사이인지 익히 잘 알고 있는 사람인 것이다.

주종 관계라지만 의형제와 같은 사이였다.

제아무리 비인부전을 따진다고 해도, 그런 관계라면 절기 하나쯤 나누어 주는 것은 아무것도 아닐 수 있었다.

그러나 흑천신은 또한 설무백의 성격도 익히 잘 안다고 자부했다.

설무백은 이런 일로 그를 기만할 사람이 아니었다.

흑천신은 그래서 실로 오리무중인 기분에 빠져들 수밖에 없었는데, 바로 그 순간에 연무실의 중앙에서 대치하고 있던 두 사람이 풍사의 선공으로 싸움을 시작하고 있었다.

쿵-!

둔중한 울림이 터졌다.

풍사가 발을 굴린 것이다.

처음에는 그가 단순히 공격을 준비하는 발 구르기인 진각(震脚)을 밟는다고 생각했는데, 아니었다.

풍사의 동작은 진각에서 멈추지 않고 곧바로 한 발을 크게 앞으로 내딛으며 창극을 앞으로 내뻗는 태세로 이어졌다.

풍령창의 기수식인 정안(征眼), 당장이라도 앞으로 뛰어나갈 듯한 동작으로 멈추며 한쪽 창극을 내밀어서 상대의 눈을 겨누는 태세였다.

그 순간, 사람은 사라지고 창만 남았다.

적어도 풍사와 대치한 파천상인의 눈에는 그렇게 보였다.

"……!"

파천상인은 당황했으나, 내색하지 않았다.

그저 본능처럼 반사적으로 수중의 협봉검을 당겨서 가슴 앞에 세웠다.

공격과 방어를 동시에 취할 수 있는 태세였다.

그게 적절한 대응이었다는 것이 다음 순간에 드러났다.

쐐애액—!

예리한 파공음이 공기를 갈랐다.

진각을 밟으며 풍령창의 기수식인 정안을 취한 풍사의 동작은 거기서 멈춘 것이 아니라 다시 이어지고 있었다.

사선을 그리며 찌르고 들어와서 하늘로 치솟은 창극이 급작스럽게 떨어져서 바닥을 때렸다.

꽝—!

대리석 바닥이 움푹 파이도록 박살 났다.

그리고 그 반탄력으로 아래에서부터 위로 성난 뱀처럼 솟구친 창극이 파천상인의 목을 노렸다.

엄청난 파괴력과 살인적인 속도가 가미된 공격이었다.

파천상인의 입장에선 옆으로 구르거나 뒤로 물러나는 것 이외에는 달리 대항할 방법이 없는 것 같았는데, 그는 그러지 않았다.

"타앗!"

우렁찬 기합을 내지른 파천상인은 오히려 앞으로 나아가며 수중의 협봉검을 휘두르는 것으로 방어했다.

장병기의 고수에게 거리를 내주는 것은 섶을 지고 불길로 뛰어드는 것만큼이나 위험하다는 것을 모를 정도로 그는 바보가 아니었다.

과연 그의 선택이 통했다.

깡-!

파천상인이 휘두른 협봉검은 풍사가 뻗어 낸 창극의 뒤쪽 창대를 후려칠 수 있었고, 그 바람에 창극의 투로가 틀어져서 간발의 차이로 그의 목을 찌르지 못하고 옆으로 지나갔다.

파천상인의 뺨에서 피가 튀었다.

창극에 서린 기세가 긁은 것이다.

그러나 그 순간에 파천상인의 눈이 커진 불빛은 그 때문이 아니었다.

형세가 바뀌었다.

기회였다.

파천상인은 더 없이 기민하게 수세를 공세로 바꾸었다.

보통 고수는 상대가 어지간한 하수가 아니라면 큰 공격을 하지 않는다.

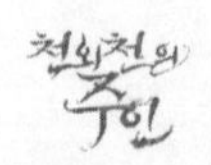

큰 공격이 실패로 돌아가면 자세가 무너져서 반격을 당하기 십상이기 때문인데, 지금 풍사가 그랬다.

대체 얼마나 그를 무시한 것인지는 모르겠으나, 창극이 표적을, 바로 그의 목을 찌르지 못하고 빗나가자 상체가 기우뚱 옆으로 기울어지고 있었다.

"감히……!"

파천상인은 무시당했다는 분노의 기운까지 내력에 포함시키며 왼손을 내밀어서 옆으로 치나가는 창대를 잡아챔과 동시에 오른손의 협봉검을 전방으로 길게 뻗어 냈다.

창대를 당겨서 보다 빠르게 거리를 좁히고 들어가며 역으로 풍사의 목을 노리는 공격이었다.

그러나 그게 그의 실수였다.

창대는 당겨지지 않았고, 그 바람에 그가 뻗어 낸 협봉검도 표적을 놓쳐 버렸다.

풍사의 상체가 기우뚱 옆으로 기울어진 것은 크게 공격했다가 실패해서가 아니라 애초에 예정되어 있던 그의 투로였다.

풍사는 파천상인이 중심을 잃고 기울어지는 것이라고 판단한 방향으로 이동하며 창을 휘돌리고 있었다.

그래서 풍사의 창은 대수롭지 않게 파천상인의 손길을 뿌리치며 원을 그리며 돌아서 그의 목을 휘감고 있었다.

"헉!"

파천상인은 헛바람을 삼키며 창극이 돌아가는 방향을 따라서 팽이처럼 빠르게 몸을 돌렸다.

그대로 버티거나 조금이라도 늦게 돌아가면 목이 베어지기에 그렇게 하지 않을 수 없었다.

그러다가 그는 한순간 주저앉아서 솥의 국물을 휘휘 휘젓는 국자처럼 돌아가던 창극의 서슬을 벗어났고, 다시금 미끄러진 말똥구리처럼 뒤로 데굴데굴 굴러서 멀찌감치 물러났다.

곧바로 이어질 공격에 대비한 회피였다.

겁먹은 노루처럼 볼썽사납게 달아난다고 해도 하는 수 없었다.

살기 위해서라면 비웃음 따위야 아무래도 좋았다.

그러나 그와 같은 그의 대응과 회피는 그 상태에서 그가 할 수 있는 최선의 방책이었으나, 결과적으로 무용한 행동이었다.

연거푸 구르다가 최대한의 속도로 일어난 파천상인은 대번에 그것을 깨달을 수 있었다.

언제 어느 순간에 다가든 것인지 모르게 풍사의 창극이 여전히 지근거리에서 그의 목을 겨누고 있었기 때문이다.

"익!"

파천상인은 경악과 불신 속에 사력을 다해서 협봉검으로 창극을 내치며 다시금 뒤로 물러났다.

풍사의 창극이 이번에는 따라붙지 않았다.

대신에 좌우로 다시 위아래로 빠르게 움직이며 현란한 춤을 추었다.

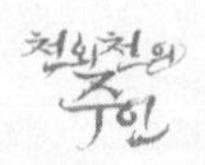

휘리리리릿-!

창극에 서린 강기의 반짝임이 파천상인은 말할 것도 없고, 장내에 있는 모든 이의 시야를 어지럽게 만들었다.

현란하게 움직이는 창극의 그림자가 순식간에 풍사의 신형을 가려버렸다.

때를 같이해서 창날이 양쪽으로 달려서인지 보통의 창보다 배는 더 삼엄하게 느껴지는 경기가 흡사 고슴도치의 바늘처럼 예리하게 사방으로 폭사되고 있었다.

풍사가 그 안에서, 바로 수많은 창극의 그림자 속에서 한 마리의 용처럼 꿈틀대며 춤을 추었다.

일 장에 달하는 장창인 흑비가 풍사의 손안에서 흡사 젓가락처럼 가볍게 놀려지며 빛을 뿌리고 있었다.

쐐애애액-!

장내가 묵직하면서도 예리한 바람 소리 아래 눈부신 빛으로 휘감긴 창극의 그림자로 가득 찼다.

얼핏 보고 듣기에도 대단히 강렬한 기운이 요동치고 있다는 중압감이 느껴지는 엄청난 창무(槍舞)였다.

그러던 한순간, 풍사가 창무를 멈추었다.

갑작스러운 정적이 내려앉은 장내에서 아무렇지도 않게 수중의 장창 흑비를 비스듬히 옆으로 벌려 파천상인만이 아니라 장내의 모두에게 예를 표하는 그의 이마에는 땀 한 방울 맺혀 있지 않았다.

벌써부터 넋을 놓고 있던 파천상인이 그제야 정신을 수습하며 수중의 협봉검을 내리고 말했다.

"졌소. 패배를 인정하오."

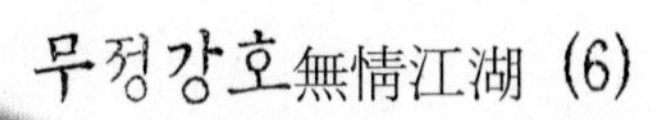

무정강호無情江湖 (6)

"확실히 양가창은 아니군. 그렇지만 양가창이 무색할 정도로 대단해. 실로 귀신같은 창술이야!"

패배를 자인하는 파천상인의 말이 끝나기 무섭게 흑천신의 입에서 터져 나온 감탄이었다.

풍사가 그에 상관없이 주섬주섬 흑비를 접어서 만든 쇠스랑 더미를 허리에 매달고 본래의 자리로 돌아가며 슬쩍 설무백을 향해 말했다.

"좀 늘었죠?"

설무백은 픽 웃으며 엄지와 검지 사이를 조금 떼어서 내보였다.

"요 정도?"

풍사가 보란 듯이 미간을 찌푸렸다.

"에구, 섭섭해라. 제가 그동안 얼마나 죽을 똥을 싸며 수련했는지 알면 그런 소리 못하실 겁니다."

설무백은 짐짓 냉담하게 고개를 저었다.

"아직 멀었어. 적어도 노야들 수준까진 가 줘야 해. 그래야 내가 속 편히 일을 시킬 수 있을 거야."

풍사가 한숨으로 수긍하며 함구했다.

흑천신이 그 모습을 보고는 입맛이 쓰다는 듯 쩝쩝거렸다.

"그 정도도 만족을 못한다니, 이거 우리 애들 사기를 너무 죽이는군그래."

설무백은 전혀 그럴 의도가 없었으나, 다시 생각해 보니 그럴 수도 있겠다 싶어서 손을 내저었다.

"그냥 하는 말이니, 굳이 새겨듣지 마세요."

그런데 이미 새겨들은 사람이 있었다.

흑천신은 그저 하는 빈말이라는 듯 웃어넘겼으나, 자리로 돌아가는 파천상인을 맞이한 또 하나의 관사가, 바로 오대관사 중 동방을 관리한다는 동방관사, 혈관음(血觀音) 여적(如蹟)이었다.

삼십 대 중반으로 오대관사 중에서 가장 나이가 적은 그는 전대 흑도십웅 중 유일한 여자인 혈관음 여화(如化)의 적자였고, 어머니의 유지에 따라 별호와 성까지 물려받았다는 인물이었는데 성마른 어미의 성격까지 빼다 박았는지 대놓고 아니꼬운 표정을 드러내며 나서고 있었다.

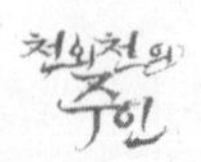

"굳이 새겨들을 필요도 없이 기분이 별로네요. 승자를 부족하다고 나무라면 패자는 대체 어쩌라는 건지……!"

그는 실로 어이없다는 시선으로 풍사를 쳐다보며 덧붙였다.

"아직 멀었다고요? 그래서 속 편히 일을 시킬 수가 없다고요? 하하……!"

그는 야멸차게 변한 눈빛으로 설무백을 노려보며 비꼬았다.

"너무 심하시다, 정말!"

풍사가 날카롭게 변한 눈빛으로 여적을 바라보았다.

그 입에서 다른 말이 나오기 전에 설무백이 나서며 말했다.

"고깝게 들렸나? 사과할까?"

여적이 웃는 낯으로 손사래를 쳤다.

"사과할 생각이 있는 사람은 그렇게 물어보지 않죠. 그리고 저 역시 사과를 받으려는 것이 아닙니다. 어쨌거나, 저의 상관이신데, 상관에게 받는 사과는 언제고 독이 되거든요."

설무백은 무언가 감이 와서 물었다.

"그럼 어떻게 해 줄까?"

여적이 그 말을 기다렸다는 듯이 반색한 얼굴로 앞으로 나서며 공수했다.

"한 수 가르침을 청합니다. 솔직히 말해서 제게도 새로운 동료를 시험할 수 있는 기회를 달라 이겁니다. 설마 일개 관사라고 무시하진 않으시겠죠?"

설무백은 뭐라고 대꾸하기도 전에 여적의 곁에 서 있던 파천상인이 은근슬쩍 눈치를 주었다.

"그러지 말지?"

파천상인의 곁에 있던 수관사 방척도 가만히 웃으며 나직한 어조로 한마디 거들었다.

"나도 네가 그러지 않았으면 하는 작은 소망이 생기는군."

여적이 펄쩍 뛰었다.

"왜들 이래요, 김빠지게!"

파천상인과 방척이 시선을 교환하며 쓰게 입맛을 다시고는 어쩔 수 없다는 듯 물러나서 한숨을 내쉬었다.

"하긴, 똥인지 된장인지 찍어 먹어 봐야 알고, 관을 보기 전에는 눈물을 흘리지 않는 애들이 있긴 하지."

여적이 어림도 없는 소리 말라는 듯 야멸차게 그들을 외면하고 설무백을 바라보며 연무실의 중앙으로 나섰다.

설무백은 시큰둥하게 그런 그의 시선을 마주하며 물었다.

"용기는 가상하다만, 아직은 나를 시험해 보기는커녕 가르침을 받을 준비도 안 되어 있는 것 같은데?"

"흥!"

여적이 코웃음으로 대답을 대신했다.

잔소리는 집어치우고 어서 나서라는 태도였다.

설무백은 슬쩍 야제와 흑천신, 유령노조를 바라보았다.

순간, 그들의 의견이 세 개로 갈렸다.

먼저 자신의 의견을 드러낸 것은 유령노조였다.

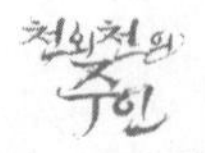

그는 그저 신경 쓰고 싶지 않다는 듯 어깨를 으쓱했다.

방관이었다.

야제가 그 순간에 당부했다.

“죽이지는 마. 성질이 좀 더러워서 그렇지, 머리도 총명하고, 손발도 빨라서 심부름을 아주 잘하는 애니까.”

흑천신이 조금 다른 의견을 내놓았다.

“나중에 사기라고 할까 봐서 미리 말해 두는데, 할 거면 제대로 해라. 아직 어리고 무공에 대한 싹수가 보여서 내가 틈틈이 가르치고 있는 녀석이다.”

결론적으로 말해서 다들 여적의 행동을 막을 생각이 없다는 것이고, 흑천신의 경우는 한술 더 떠서 여적을 만만히 보지 말라는 충고까지 해 준 것이다.

설무백은 짧게 한숨을 내쉬었다.

그때 내심 그가 하고 싶은 말을 그의 그림자 속에서 얼굴을 내민 요미가 가로챘다.

“이 사람들 아직도 오빠를 잘 모르네?”

설무백은 그것으로 충분해서 더는 언급을 회피하며 여적을 향해 물었다.

“아무리 봐도 아직 준비가 안 된 것 같은데?”

여적이 가슴을 치며 장담했다.

“아니요! 잘못 보는 겁니다! 저는 이미 충분히 준비가 되었습니다!”

"아닌 것 같은데……? 그럼 어디 한번 막아 봐."

설무백은 나직한 혼잣말로 불신을 드러내고는 슬쩍 손을 들어서 여적을 가리켰다.

소리도 없고, 보이지도 않는 무형의 강기가 그의 손으로부터 뻗어 나갔다.

"……!"

여적은 눈에 보이지는 않지만 무언가가 강맹한 기운을 감지했으나, 그게 자신을 향해 뻗어 온다는 것은 느낄 수 없었다.

하지만 설무백의 경고가 그를 반응하게 만들었다.

본능적으로 물러난 그는 그야말로 반사적으로 쌍장을 앞으로 내밀었다.

그가 가장 자부하는 절기, 흑천신에게 전수받아서 이미 상당한 경지를 이룬 장력인 벽력쇄혼장(霹靂碎魂掌)이었다.

순간, 이름 그대로 혼마저 박살 낼 것 같은 벽력이 치고 뇌성이 울었다.

꽈릉—!

그러나 소용없었다.

뇌성이 울리며 벽력처럼 쏘아진 여적의 장력이 일순 아무런 흔적도 없이 소멸되었다.

대신 그 순간에 여적의 몸에서 새로운 벼락이 작렬했다.

쾅—!

설무백의 손에서 쏘아진 보이지 않는 기운은 아무런 기척도,

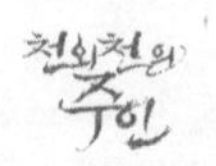

소음도 일어나지 않았으나, 막상 여적의 몸에 닿자 무지막지하게 파괴적인 폭음을 터트렸다.

그것으로 끝이었다.

여적은 두 손을 뻗어 낸 자세 그대로 굳어져서 흰자위만 보이도록 두 눈을 까뒤집으며 스르르 무너져 내렸다.

마치 가죽으로 만든 인형에서 바람이 빠져나가는 듯한 광경이었다.

"거봐. 아직 준비가 전혀 안 됐잖아?"

혼절한 사람이 대답할 리는 없었다.

대신 장내의 모두가 경악과 불신에 찬 눈빛으로 바라보는 가운데, 흑천신이 혀를 내두르며 감탄했다.

"격공장(隔空掌)!"

음경 또는 침투경으로 분류되는 무공인 무형장이었다.

허공에 기를 발산해서 힘을 유지한 채 밀고 나가는 장력인 벽공장(碧空掌)과 달리 임의(任意)의 한 점에서 힘을 터뜨리는 장력으로, 정해진 위치에 도달하기 전까지는 아무런 위력도, 영향도 없지만 정해진 위치에 도달하면 방어할 방법도 없이 기가 폭발해서 타격을 입히는 고도의 기공인 것이다.

세간에 알려지기로는 소림의 백보신권과 무당의 십단금(十段錦)이 대표적이며, 그 이외의 것들은 그저 흉내에 지나지 않는 잡술로, 아직 그에 버금가는 격공장은 존재하지 않는다고 알려져 있었다.

그런데 아니었다.

지금 설무백이 모두가 보는 앞에서 그것을 증명한 것이다.

"에구, 놀라라!"

야제가 경황 중에도 재빨리 나서서 바닥에 쓰러진 여적의 상태를 살피고 이마의 맺힌 식은땀을 닦으며 한숨을 내쉬었다.

"죽은 줄 알았네……!"

죽진 않았다는 소리였다.

설무백은 대수롭지 않게 말을 받았다.

"손 속에 사정을 두라며요? 다만 그래도 절대안정 보름입니다. 아프지 않으면 느끼지 못할 성정인 것 같아서요."

사실은 내상을 입히지 않을 수 있었다.

방금 전에 그가 격공장이 발현되는 지점을 폐부가 아니라 외부로 선택했다면 여적은 내상을 피할 수 있었을 터였다.

그러나 설무백은 자기 입으로 밝힌 것처럼 일부러 그러지 않고 내상을 입혔던 것이다.

야제가 수긍했다.

"하긴, 그런 녀석이긴 하지."

흑천신이 한숨을 내쉬었다.

"꼬마 계집애 말이 맞았군. 미안하다. 진심으로 사과하지. 우리가 정말 너를 너무 모르고 있었던 것 같다."

"꼬마 계집애?"

설무백의 그림자 속에서 귀신처럼 머리를 내민 요미가 흑천

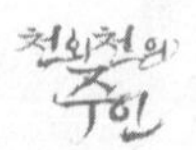

신을 매섭게 노려보고 으르렁거렸다.

“이 늙은 영감태기가 나이를 믿고 함부로 마구 지껄이네? 혹시 나랑 한번 해보자는 거야?”

흑천신이 일그러진 표정으로 설무백을 쳐다보았다.

그는 이런 경우 싸우고 싶지 않아도 물러설 수는 없는, 그냥 물러서면 자존심이 상하는 옛날 무인이라 설무백의 눈치를 보는 것이다.

설무백은 픽 웃으며 중재했다.

“아시다시피 단순한 아이입니다. 이름을 불러 주면 아주 좋아하지요.”

흑천신이 가볍게 헛기침을 하고는 말했다.

“알겠다, 앞으로는 요미…… 여협이라 부르도록 하지.”

그가 설무백의 그림자 속에서 머리만 내밀고 있는 까닭에 마치 목이 잘린 머리가 바닥에 놓인 것처럼 기괴하기 짝이 없는 모습인 요미의 얼굴을 바라보며 정중히 허락을 구했다.

“그러면 되겠지, 요미 여협?”

“뭐, 그렇다면야…… 에헴!”

요미가 애써 멋쩍은 표정을 감추며 설무백의 그림자 속으로 스르르 녹아들어갔다.

그다음에 허락이 나왔다.

“알겠어, 영감.”

설무백이 슬쩍 눈치를 주었다.

"노야!"

요미가 그의 충고를 받아들였다.

"알겠어, 흑 노야."

설무백은 요미의 말을 듣고 나서야 호칭만이 아니라 존대도 지적해야 했다는 것을 깨달았으나, 더는 나서지 않았다.

진심에서 우러나오는 존대가 아니라면 필요 없었다.

적어도 요미에게는 그랬다.

풍잔의 노야들에게도 툭하면 반말로 구박까지 하는 것이 그녀인 것이다.

'나름 친근감의 표현이기도 하고…….'

설무백이 그렇게 요미의 문제는 정리하는 참인데, 흑천신이 은근 슬쩍 다가와서 나직이 물었다.

"제대로 된 격공장은 천하에 다시없는 무공의 천재라 해도 최소 사십 년 이상은 수련을 쌓아야 가능하고, 그렇게 얻은 격공장은 금강불괴에게도 타격을 줄 수 있다고 하지. 그래서 말인데, 나중에 한번 시간 좀 내줄 수 있나?"

설무백은 흑천신의 의도를 익히 짐작할 수 있었다.

흑천신은 외문기공의 달인으로, 금강불괴를 내다보고 있었기 때문이다.

"얼마든지요."

흑천신이 마치 꿀단지를 껴안은 아이처럼 밝게 변해서 설무백의 손을 덥석 잡았다.

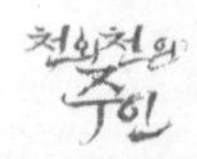

"고맙다! 내 그 은혜는 절대 잊지 않으마!"

설무백은 절로 교소를 금치 못했다.

누가 무공광이 아니랄까 봐서 흑천신도 지금 같이 자리한 공야무륵이나 태산파의 검치 한상지처럼 소위 밥보다 무공을 더 중히 여기는 무공광의 특징을 여실히 드러내고 있었다.

자신의 무력을 시험해 볼 수 있다는 생각에 들떠서 명색이 제자인 여적을 두드려 패서 혼수상태에 빠트린 그의 손을 부여잡은 채 희희낙락하고 있는 것이다.

그때였다.

"저기 손 좀……!"

설무백이 오히려 무안해서 손을 빼내는 참인데, 밖에서 후다닥 급히 달려 들어온 흑점의 사자 하나가 보고했다.

"낯선 자들이 저잣거리를 배회하고 있습니다!"

설무백은 삼태상 등과 함께 즉시 춘래객잔의 최상층으로 올라갔다.

흑점의 본점인 춘래객잔의 최상층은 삼 층인데, 통으로 하나인 공간이었고, 사방의 벽을 수십 개의 창문으로 도배해서 일종의 전망대처럼 주변의 전경을 한눈에 살펴볼 수 있었다.

"저놈들이군!"

야제가 어렵지 않게 수상한 자들을 포착해 냈다.

늦은 시간이라도 적잖은 행인이 오가는 저잣거리에서 그런 자들을 구별한다는 것은 결코 쉬운 일이 아니었으나, 그는 대번에 간파했다. 그리고 누가 묻지도 않았는데, 대답하는 형식으로 자랑했다.

"무언가 있는 놈과 없는 놈을 구별해 내는 눈을 가지는 것은 아무리 많은 사람들 사이를 걸어도 눈에 띄지 않는 보법을 가지는 것만큼이나 우리네 도둑에게 매우 중요한 문제지. 흐흐흐……!"

설무백은 그런 야제의 자화자찬을 듣고 나서야 야제가 지적한 자들이 실로 수상쩍다는 것을 느낄 수 있었다.

대략 십여 명의 사내들이었다.

그들은 하나같이 점포며 좌판이며 안 가는 곳 없이 휘젓고 다니면서도 정작 물건을 사는 것보다는 주변을 둘러보고 살피는 것에 더 시간을 할애하고 있었다.

마침 그 순간에 흑천신이 의문을 드러냈다.

"마교 애들인가?"

야제가 쓰게 입맛을 다셨다.

"여기서 봐선 그것까지 모르지."

유령노조가 말했다.

"한두 놈 잡아 올까?"

야제가 고개를 저었다.

"아서. 괜히 집안 살림만 들어 날라."

설무백은 그제야 야제가 지목한 사내들을 일일이 다 살펴본 다음이라 대화에 끼어들었다.

"마교 애들은 아닙니다."

삼태상은 물론, 혼절한 여적을 내버려두고 따라온 서방관사 파천상인와 수관사 방척도 멀뚱거리는 눈으로 설무백을 바라보았다.

야제가 모두의 태도를 확인하며 대표하듯 물었다.

"묘하군. 대체 어떻게 그걸 그리 단정하는 게지?"

설무백은 있는 그대로 솔직하게 대답해 주었다.

"마기가 느껴지지 않네요."

"허허……!"

야제가 점점 더 가관이라는 듯 헛웃음을 흘리며 따지고 들었다.

"하면, 사제는 이 먼 거리에서도 저들의 기세에 마기가 섞였는지 안 섞였는지 알 수 있다는 게야?"

"예."

설무백은 짧게 대답하고 나서 이내 조금 부족하다고 생각하며 간단하게 부연했다.

"제게 마기를 느낄 수 있는 재주가 있습니다. 너무 먼 거리만 아니면 느낄 수 있는데, 이 정도 거리에서는 가능합니다."

"……!"

야제를 비롯한 장내의 모두가 이걸 믿어야 할지 말아야 할지 모르겠다는 표정으로 설무백을 바라보고만 있었다.

설무백은 그에 아랑곳하지 않고 창밖으로 보이는 문제의

사내들을 새삼 눈여겨보며 혼잣말처럼 중얼거렸다.

"하지만 어쩌면 마교의 애들일 가능성도 있겠네. 전에 보니까 천사교의 애들 중에는 마공을 수련하지 않는 애들도 적지 않았으니까."

그는 이내 고개를 돌려서 수관사 방척에게 시선을 주며 물었다.

"여기 어디 근방에 으슥한 곳 있나? 재들 좀 유인해서 조용히 생포할 수 있을 만한 장소 말이야."

방척이 잠시 고심하는 표정이다가 이내 밝은 표정으로 변해서 대답했다.

"있습니다. 저쪽 저잣거리가 끝나는 곳에서 우측으로 빠지는 호동이 하나 있는데, 안으로 조금만 들어가면 낡은 양조장이 하나 나옵니다. 우리 애들이 관리하는 곳입니다."

설무백은 손가락을 튕겼다.

"좋았어. 거기로 유인해서 생포해 와. 보통 애들로 보이지 않으니까 양조장에 있는 애들은 먼저 싹 다 비우도록 하고."

"알겠습니다."

방척이 즉시 고개를 숙이며 대답하고는 곁에 있던 서방관사 파천상인의 소매를 잡아당겼다.

"가자."

파천상인이 방척의 손길을 뿌리치며 화를 냈다.

"뭡니까, 지금? 우리가 아무리 풍잔과 손을 잡았다고 해도

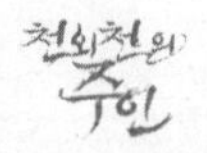

저들의 명령까지 받아야 하는 건 좀 아니지 않나요?”

방척이 짐짓 미간을 찌푸리고 눈치를 주며 파천상인의 소매를 당겼다.

“일단 그냥 가지?”

파천상인이 재차 방척의 손길을 뿌리치며 세 사람, 야제와 흑천신, 유령노조를 둘러보았다.

“삼태상께서 말씀해 주십시오! 저희들이 이렇게……!”

말을 하던 파천상인이 갑자기 두 눈을 동그랗게 뜨고는 이내 사색으로 변해서 턱을 떨었다.

문득 한숨을 내쉰 설무백이 주섬주섬 품을 뒤져서 목에 걸고 있던 목걸이에 매달린 작은 신패 하나를 내보였기 때문이다.

붉은 달 아래 백색의 해골이 양각된 신패였다.

각기 무(武)자와 사(士)자, 상(商)가 새겨진 세 개의 조각이 만나서 붉은 달 아래 드리워진 해골 그림과 그 중앙에 진한 검은색의 흑(黑)자가 완성되는 원형의 신패, 바로 전날 야제 등 삼태상이 건네준 흑점의 주인을 상징하는 신패인 것이다.

설무백은 그 신패를 흔들어 보이며 물었다.

“저희들이 이렇게 뭐?”

“아, 그게, 그러니까……!”

파천상인이 턱을 떠느라 흘러나온 침을 닦으며 궁색한 표정을 짓다가 이내 방척을 다그쳤다.

“뭘 그리 꾸물거려요! 주군의 명령인데, 어서 가야지!”

"응?"

방척이 어이없어했다.

"자, 자, 빨리빨리!"

파천상인이 방척의 소매를 잡고 질질 끌며 밖으로 나갔다.

설무백은 그 모습에 절로 픽 웃고는 공야무륵과 풍사, 철마립, 대력귀를 향해 넌지시 말했다.

"보통 애들은 아닌 것 같으니까, 같이 가 봐."

"옙!"

공야무륵이 두말없이 대답하며 돌아섰고, 풍사 등이 묵묵히 고개를 끄덕이며 그 뒤를 따라갔다.

야제가 그렇게 그들이 밖으로 나서자마자 이해할 수 없다는 표정으로 설무백을 바라보았다.

"아까 애들이 잡아먹을 듯이 노려볼 때는 끝내 감추고 있다가 왜 이제야 신패를 보여 주는 건데?"

조금 전 연무실에서의 상황을 두고 하는 말이었다.

당시 동방관사 혈관음 여적이 그의 일수에 나가떨어졌을 때, 장내에 있던 흑점의 사자들은 다들 경악과 불신 속에서도 그에 대한 적개심을 드러냈었다.

야제는 그걸 모를 리 없는 설무백이 그때도 내보이지 않았던 신패를 이제야 내보이는 이유를 몰라서 어리둥절해하는 것이다.

설무백은 꺼냈던 신패를 다시금 가슴 옷깃 속으로 넣으며 대

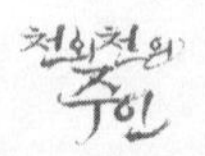

수롭지 않게 대답했다.

"노야들과 오대관사만 알면 얼마든지 흑점을 움직일 수 있는데, 쓸데없이 왜 이걸 모두에게 드러냅니까? 괜히 이 사람 저 사람 다 알게 되면 운신의 폭만 좁아져요. 애들은 모르는 게 나아요."

야제가 수긍했다.

"아, 과연 그렇겠네. 무언가 다른 생각이 있겠지 했더니만, 그거였군."

문득 흑천신이 예리하게 물었다.

"혹시 그런 생각으로 우리에게도 감추는 것이 있나?"

"당연히 있지요."

설무백은 솔직하게 대답해 주며 부연했다.

"서로 알아서 도움이 안 되는 거면 차라리 모르는 게 낫지 않겠습니까."

흑천신의 안색이 변했다.

그만이 아니라 곁에 있던 야제와 유령노조의 안색도 살짝 굳어졌다.

설무백은 그에 아랑곳하지 않고 단호하게 자신의 생각을 밝혔다.

"내친김에 말씀드리자면 하오문과 흑점을 연결한 것도 제 딴에는 꽤나 오랜 시간 동안 숙고한 끝에 내린 결정이었습니다. 아무래도 흑점이 하오문의 상위에 있는 세력이라 언제고 불합리한 일을 당할 수도 있다고 생각되거든요."

야제가 고개를 끄덕이는 것으로 수긍하고는 이내 설무백을 향해 싱긋 웃으며 말했다.

"사제가 그 자리에 있는 한 그런 일은 절대 없을 테니 안심해. 안 그러냐?"

동의를 구하려는 말미의 질문은 흑천신과 유령노조에게 건네는 것이었다. 흑천신과 유령노조가 역시나 별다른 이견 없이 고개를 끄덕이며 동의했다.

"아무래도 그렇겠지."

설무백은 자신도 같은 생각이었음을 드러내며 못을 박듯 노골적으로 말했다.

"사실 저도 그래서 주선한 겁니다. 제가 통제할 수 있다고 생각해서요. 다만 그와 별개로 어느 쪽이든 불합리한 일을 당한다고 생각되면 가차 없이 끊어 놓을 생각이니, 잊지 마세요?"

야제가 묘하다는 표정으로 삐딱하게 설무백을 바라보며 툴툴거렸다.

"누가 보면 우리가 흑점의 주인인 줄 알겠군."

흑천신이 끌끌 혀를 차며 동조했다.

"그러게 말이야. 아직도 흑점의 주인이라는 자각이 부족해 보이는군."

유령노조가 그들의 생각에 동의하는 것처럼 고개를 끄덕거리며 입으로는 다른 말을 했다.

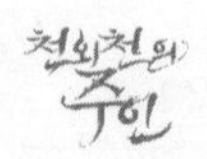

"주인이 자각을 하든 말든 종놈들이 따질 문제는 아니지 않나?"

흑천신이 머쓱하게 딴청을 부리는 사이, 야제가 잡아먹을 듯이 유령노조를 노려보며 말했다.

"넌 정말 가끔 사람의 속을 확 뒤집어 놓는 말을 잘하더라?"

그러고는 헤벌쭉 웃는 낯으로 변해서 유령노조의 어깨를 두드리며 덧붙였다.

"아주 마음에 들어!"

설무백은 그저 피식 웃으며 그들을 외면하다가 창밖을 통해 들어오는 저잣거리의 모습을 보고 말했다.

"시작하네요."

야제와 흑천신, 유령노조가 우르르 창가로 달라붙었다.

그러던 중에 야제가 눈을 빛내며 중얼거렸다.

"어라? 저 녀석이 도착했었나 보군."

야제는 왜소한 체구의 소년 하나를 바라보고 있었다.

별반 특이한 구석이 없어 보이는 소년이었는데, 사실은 그렇지가 않다는 것이 바로 드러났다.

저잣거리의 저편에서 태연하게 주변을 두리번거리며 나타난 그 소년은 앞서 설무백 등이 수상쩍다고 낙인찍은 사내들 중 하나의 어깨를 고의로 스치며 지나가고 있었다.

소매치기였다.

사내의 어깨를 스치며 지나가는 소년의 손에는 두툼한 전대

하나가 들려 있었다.

순간적으로 사내의 전대를 훔쳐 낸 것이다.

그런데 그때였다.

사내가 무언가 허전함을 느낀 듯 자신의 품을 매만지다가 자신의 곁을 스치고 지나간 소년을 보았다.

소년은 그때 사내에게서 몰래 탈취한 전대를 품에 넣고 있었다.

사내가 그것을 보고는 눈이 돌아가서 소년의 뒷덜미를 잡아챘다.

소년은 그냥 당하지 않았다.

반사적으로 사내의 손길을 뿌리치며 미꾸라지처럼 빠져나갔다.

사내가 재차 손을 내밀었다.

소년은 사내의 손을 피해서 저잣거리를 내달렸다.

사내가 재빨리 소년의 뒤를 따르며 주변에 흩어져 있는 동료들에게 손짓으로 신호를 보냈다.

저잣거리의 사방에 깔려 있던 사내의 동료들이 기민하게 반응해서 소년의 뒤를 따르기 시작했다.

소년은 저잣거리의 끝자락에 자리한 호동을 향해서 내달리고 있었다.

바로 앞서 수관사 방척이 언급한 양조장으로 이어진 호동이었다.

소매치기 소년은 흑점의 사자였던 것이다.

설무백은 실로 감탄했다.

“누구예요? 일부러 들키게 적당히 펼친 투도술(偸盜術)인 제맥금나술(制脈擒拿術)의 경지도 상당하고, 지금 달려가는 저 신법도 예사롭지 않은데요?”

야제가 자랑하는 투로 대답했다.

“조화제룡수(造化制龍手)와 취리건곤보(就理乾坤步)야. 전대 삼태상 중 철장마제 조무기 어른의 독문절기지. 사실 저 아이는 사제도 보면 반할 거라고 생각했어.”

“저 아이가 철장마제의 후예라는 건가요?”

“조극(祖極)라고, 그분의 손자야. 할아버지를 닮아서인지 아주 타고난 무재지. 우리가 다음 대 삼태상의 하나로 키우고 있는 녀석인데, 지금은 남방관사 이청문(李菁紋) 밑에서 경험을 쌓고 있고. 다음번에 교육하는 조인 줄 알았더니만, 이번 조에 편성되었나 보네.”

“근데, 왜 녀석이 펼치는 조화제룡수와 취리건곤보에서 우리 공공문의 절기인 무상신보와 공명십팔수의 냄새가 날까요?”

“역시 사제의 눈은 속일 수가 없군.”

야제가 머쓱하게 투덜거리고는 바로 시인했다.

“제대로 봤어. 마음에 드는 녀석이라 내가 바로 찜을 했지. 어때? 쓸 만한 녀석이지?”

“정말 그렇게 보이긴 하네요.”

설무백은 진심으로 조극을 칭찬하고는 서둘러 돌아서서 발길을 재촉했다.

"그리 오래 걸리지는 않을 테니, 이제 그만 가 보죠!"

설무백 등이 낡은 양조장에 도착했을 때, 예상대로 싸움이 거의 끝나가는 상태였다.

앞서 수상하다고 낙인한 사내들의 숫자는 정확히 열두 명이었는데, 그중 열 명이 이미 제압당해서 바닥에 널브러졌거나 무릎이 꿇려져 있었고, 나머지 두 명만이 구석에 몰려서 발악하고 있었다.

보통의 체구에 눈매가 날카로운 백발노인과 대나무처럼 바싹 마른 체구에 강퍅한 인상의 소유자인 외팔이노인이었다.

설무백은 그들, 두 노인을 구석에 몰아넣고 있는 공야무륵과 풍사 등을 못내 실망스러운 눈빛으로 바라보다가 우연찮게 시선을 마주친 그들 중 한 노인의 정체를 알아보는 바람에 절로 표정이 바뀌었다.

독기 어린 눈빛으로 풍사 등을 노려보고 있다가 안으로 들어서는 그를 보고 크게 당황하는 상대, 날카로운 눈매의 백발노인은 바로 지난날 응천부 최고의 기원이라는 가가원에서 마주친 적포구마성의 둘째 혈전귀조 소사였다.

그리고 당황스러움이 이내 살기로 변했다.

소사는 마치 불공대천지수(不共戴天之讎)를 마주한 것처럼 잡아먹을 듯이 설무백을 노려보았다.

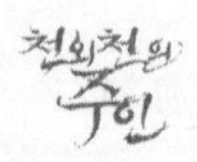

설무백은 소사의 반응을 보자, 섬전처럼 뇌리를 스치는 것이 있었다.

마침 그때 공야무륵 등과 함께 그들, 두 노인을 구석에 가둬놓고 있던 풍사가 멋쩍은 표정으로 입맛을 다시며 말했다.

"저는 잘 모르지만, 혈목사마 담황의 의형제들인 적포구마성의 둘째 혈전귀조 소사와 다섯째인 독비야차(獨臂野次) 곽응(郭鷹)이랍니다. 과연 보통내기들이 아니라, 멀쩡한 모습으로 생포하려니……!"

설무백은 무심하게 말을 잘랐다.

"생포하라고 했지, 멀쩡히 생포하라고는 안 했는데?"

"아, 그런가요?"

풍사가 반색하며 소사 등을 향해 돌아섰다.

그러나 그보다 먼저 나선 것은 공야무륵이었다.

그의 두 손이 아무런 사전 동작도 없이 갑작스럽게 앞으로 뻗어졌다.

순간!

쇄액-! 콰직-!

예리한 파공음 뒤로 섬뜩한 타격음이 터졌다. 전광석화처럼 날아간 두 자루 도끼가 각기 소사의 한쪽 어깨와 곽응의 하나뿐인 팔이 달린 어깨에 깊숙이 박히는 소리였다.

소사와 곽응이 반항하지 않은 것은 아니었다.

공야무륵의 두 손이 뻗어지는 순간에 그들은 본능처럼 혹은 반사적으로 방어에 나섰다.

소사는 모종의 수련을 통해서 강철보다 강하게 단련된 두 손의 손톱을 내밀었고, 곽응은 기형적으로 넓은 서슬을 자랑하는 낫을 부지불식간에 쳐들었던 것이다.

그런데 소용없었다.

소사의 손톱은 공야무륵이 날린 두 자루 도끼 중 하나인 양인부에 박살 났고, 곽응이 쳐든 낫은 다른 한 자루 도끼인 낭아부에 수수깡처럼 동강나 버렸다.

공야무륵이 날린 두 자루 도끼, 양인부와 낭아부에는 그들이 도저히 감당할 수 없는 힘이 담겨 있었던 것이다.

바로 경지를 이룬 마라추살부법의 이단계인 뇌화추혼부의, 일명 뇌부의 제이초식인 벽력인(霹靂刃)의 위력이었다.

"크으……!"

소사와 곽응이 밀려 나가서 벽에 달라붙어서야 억눌린 신음을 흘리고 있었다.

두 사람 다 어깨를 찍은 도끼의 여파에 밀려나서 벽에 부딪치고 나서야 고통을 느낀 것이다.

풍사가 그때 나서서 그들의 마혈을 점하며 투덜거렸다.

"공야 형이랑 같이 있으니, 내가 설거지군그래."

공야무륵이 어색하게 웃는 낯으로 나서서 소사와 곽응의 어깨를 찍어서 뼈까지 갈라놓은 양인부와 낭아부를 회수하며 뒷머리를 긁적였다.

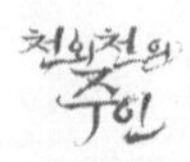

"미안하오, 풍 형. 나도 모르게 감정이 북받쳐서 그만……."

풍사가 이해한다는 듯 말없이 웃으며 고개를 끄덕였다.

설무백은 무슨 소린가 하다가 그제야 공야무륵의 상의 허리께에 날카롭게 베인 흔적이 있음을 발견했다.

한칼 맞은 흔적이었다.

물론 옷은 베어졌지만 살갗도 드러나지 않았고, 피도 배어나오지 않는 흔적에 불과했다.

그러나 공야무륵은 그게 분하고 억울해서 조금 전에 그처럼 성마르게 손을 썼던 것이다.

설무백은 그냥 넘어가지 않았다.

"뭐야? 공야무륵답지 않게 실수를 했네?"

공야무륵이 얼굴을 붉히며 말을 더듬었다.

"아, 아니 그게 아니라 아주 잠깐, 그야말로 창졸지간에 한눈을 팔다가 그만……!"

설무백은 짐짓 냉담하게 말했다.

"고작 적포구마성을 상대로 이러면 곤란해. 내가 같이 다니기 부담스러워지니까."

다분히 의도적인 지적이요, 타박이었다.

설무백은 이런 걸 그냥 넘어가지 않고 지적해 주는 것이 상대적으로 섬세하지 못한 성정의 소유자인 공야무륵의 수련에 도움이 된다는 것을 익히 잘 알고 있었다.

다만 난데없이 그런 무시를 당하는 적포구마성의 두 사람,

소사와 곽응의 입장에선 정말 미치고 환장할 노릇일 터였다.

적포구마성하면 그래도 작금의 강호에서 일류를 넘어서 특급으로 대우받는 고수들인데, 고작이라는 소리를 듣고 있으니 말이다.

지금 소사와 곽응의 얼굴이 시뻘겋다 못해 검게 변하는 것은 어깨의 통증 때문만은 아닌 것이다.

그러나 공야무륵은 그것을 아는지 모르는지 설무백의 말이 당연하다는 듯 붉어진 얼굴로 몸 둘 바를 몰라 하며 대답했다.

"차후에는 절대 이런 일이 없도록 하겠습니다!"

설무백은 짐짓 싫지만 어쩔 수 없이 한 번 넘어가준다는 식으로 고개를 끄덕이고는 소사와 곽응 등을 둘러보며 명령했다.

"한쪽으로 모아 봐. 어디 한번 심문이라는 것 좀 해 보게."

"옙!"

공야무륵이 남사스러울 정도로 우렁차게 대답하며 나섰다.

설무백이 화를 내는 내막을 짐작하며 남몰래 웃는 낯으로 나선 풍사 등 풍잔의 식구들과 내막을 몰라서 잔뜩 긴장한 방척과 파천상인 등 흑점의 고수들이 서둘러 나서서 장내를 정리했다.

덕분에 공야무륵이 벽에 붙어 있는 소사와 곽응의 뒷덜미를 잡고 질질 끌고 와서 설무백의 면전에 내려놓는 사이, 이미 바닥에 널브러져 있던 나머지 사내들은 다들 일으켜 세워져서 무릎을 꿇고 있었다.

소사와 곽응을 포함해서 정확히 열여덟 명의 인원이었다.

설무백은 무심한 눈길로 한차례 그들을 둘러보고 나서 소사와 곽응에게 시선을 고정하며 거두절미하고 자신의 짐작을 확인했다.

"나를 찾아온 건가?"

곽응이 코웃음을 쳤다.

"뭔 개소리지 그건?"

그리고 자지러지며 신음했다.

"크으으……!"

풍사의 소행이었다.

전광석화처럼 나선 그가 뼈가 드러난 곽응의 어깨 상처를 강하게 움켜잡고 있었다.

그 상태로, 그가 고개를 숙여서 일그러진 소사의 시선을 마주하며 나직이 으르렁거렸다.

"한 번만 더 그따위로 성의 없이 대답하면 곱게 죽을 생각은 포기해야 할 거다! 죽지도 살지도 못하게 만들어 주마! 차라리 죽여 달라고 애원해도 절대 안 죽일 거다!"

"으……!"

곽응이 몸서리를 치면서도 어금니를 악물어서 신음을 삼키며 풍사를 노려보았다.

풍사가 가소롭다는 듯 그런 그의 뒤통수를 가볍게 톡톡 두드리며 물러났다.

설무백은 조용히 묵인하고 있다가 나섰다.

공야무륵이 그의 명령에 죽고 명령에 사는 맹장이라면 풍사는 누가 뭐래도 먼저 나서서 그를 위하고 주변을 돌보는 지장에 가깝다는 것을 익히 잘 알고 있었기 때문이다.

"좋아, 길게 말하기 귀찮은 모양인데, 그럼 바로 본론으로 들어가지. 너희 신마루가 나를 노리는 이유는 짐작하고 있다. 다만 내가 지금 궁금한 것은 너희들이 어떻게 그걸 알았으며, 또 내가 여기에 있다는 것을 어떻게 알았냐는 거다. 누구냐, 너희들에게 그걸 알려 준 자가?"

소사가 이러지도 저러지도 못하겠다는 듯 곤혹스러운 표정을 지는 사이, 곽웅이 어느새 풍사의 경고를 잊은 듯 발끈했다.

"우리가 그걸 알려 줄 이유가 뭐냐, 이 건방진 새끼야!"

풍사가 싸늘해진 기색으로 앞서와 달리 천천히 곽웅에게 다가갔다.

곽웅이 두려운 표정으로 풍사와 설무백을 번갈아 보았다.

설무백은 막지 않았다.

풍사의 손이 다시금 곽웅의 상처 난 어깨를 움켜잡았다.

"크윽!"

곽웅이 신음했다.

풍사가 그에 아랑곳하지 않고 강력한 힘으로 곽웅의 어깨를 찍어 눌렀다.

그의 머리가 바닥에 처박혔다.

"컥!"

풍사는 신음하는 곽응의 뒷목을 사정없이 발로 밟았다.

우직-!

뼈가 으스러지는 섬뜩한 소음이 장내를 가로질렀다.

곽응의 뒷목이 정상이라면 도저히 그럴 수 없는 방향으로 꺾어져 버렸다.

흑도백대고수에 능히 들어간다는 적포구마성의 하나가 비명조차 지르지 못하고 죽어 버린 것이다.

한순간 장내에 정막이 내려앉았다.

설무백은 자못 곱지 않은 시선으로 풍사를 바라보며 적막을 깼다.

"죽지도 살지도 못하게 해 준다며 그냥 죽어 버리면 어떻게 해?"

풍사가 멋쩍은 표정으로 물러나며 혼잣말처럼 나직이 투덜거렸다.

"제가 그리 독한 놈은 못 된다는 거 잘 아시면서……."

설무백은 짐짓 눈총을 주었다.

"그게 사람을 무식하게 밟아 죽여 놓고 할 소리야?"

풍사가 무색해진 표정으로 그의 시선을 회피하며 딴청을 부렸다.

설무백은 끌끌 혀를 차며 한 번 더 눈총을 주고는 이내 면전의 소사에게 시선을 주었다.

소사는 실로 졸지에 허망하게 죽어 버린 곽응의 주검을 멍한 표정으로 바라보고 있었다.

현실을 인정하기 어려워하는 것 같은데, 그래도 뒤쪽에 무릎 꿇고 있는 자들에 비하면 약과였다.

그의 뒤쪽에 무릎 꿇려진 자들은 하나같이 공포에 젖어서 넋이 나간 모습이었다.

설무백은 어디까지나 무심한 눈빛으로 그런 소사를 바라보며 나직하게 말했다.

"겁 없이 되바라지게 나섰다가 죽은 저 곽응이라는 자도 그렇고, 그걸 보고 그저 놀라기만 하는 당신의 태도도 그렇고, 어째 확신이 없어 보이는군. 나에 대한 정보를 준 사람이 그렇게나 믿을 수 있는 사람은 아니라는 뜻이겠지. 그럼 이렇게도 생각해 볼 수도 있지 않을까? 오늘 너희들을 내게 보낸 사람이 전날 혈목사마 담황도 내게 보낸 것이라고. 모든 것이 함정이었던 것이라고!"

새삼 장내가 찬물을 끼얹은 것처럼 조용해졌다.

설무백의 말에 담긴 의미가 적아를 구분할 것 없이 모두에게 사뭇 충격적이었기 때문이다.

이윽고, 연신 마른침을 삼키던 소사가 어렵사리 말을 더듬었다.

"그, 그 말인 즉, 네가 주, 주군을, 담황 어른을 시해했다는 것이 사, 사실이라는 거냐?"

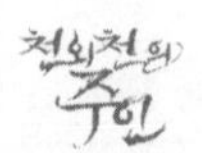

질문한 소사만이 아니라 장내의 모두가, 정확히는 그 사실을 모르고 있는 흑점의 식구들과 풍사, 철마립, 대력귀가 반짝이는 눈으로 설무백의 주시했다.

설무백은 대수롭지 않게 대꾸했다.

"말했다시피 내가 그를 찾아간 것이 아니라 그가 나를 찾아왔다. 나를 죽이려다가 오히려 죽임을 당한 거지."

소사가 잡아먹을 듯이 설무백을 노려보며 전신을 부들부들 떨었다.

설무백은 그러거나 말거나 문득 서릿발처럼 싸늘해진 눈빛으로 소사를 직시하며 계속 말했다.

"하지만 난 괜찮아. 그는 어차피 내 손에 죽을 자였으니까. 당신도 알고 있지? 그가 지난날 팔황신마 냉유성과 손잡고 노린 신창 양세기 어른이 바로 내 외조부라는 사실?"

소사의 눈가에 경련이 일어났다.

그날의 일이 떠오르는 모양이었다.

역시나 그도 그날의 일을 알고 있는 것이다.

설무백은 그런 소사의 면전에 쪼그리고 앉으며 탄식했다.

"사실 나도 어쩔 수 없었어. 내가 그동안 먼저 나서지 않은 건 실력이 없어서가 아니라 너무나도 맛난 음식이라 아껴 두고 나중에 먹으려던 것이었는데, 주제도 모르고 먼저 찾아왔으니 나라고 별수 있나. 죽여 줄 수밖에!"

소사가 새삼 부르르 진저리를 쳤다.

설무백은 순간적으로 손을 내밀어서 그런 소사의 목을 틀어잡으며 살기 어린 목소리를 다시 말했다.

"미리 말해 두지만 너는 이 자리에서 죽을 거야. 아니, 너만이 아니라 이 자리에 있는 모두 다. 나는 지금 너희들을 살려 줄 생각이 눈곱만큼도 없거든. 그러니 어서 그자가 누군지나 말해. 내가 알아서 잔인하고 혹독하게 잘 처리해 줄 테니까. 이용만 당하고 죽으면 너무 분하지 않겠어?"

"……."

소사가 피가 흘러내리도록 입술을 깨물며 고민하다가 이윽고 체념한 듯 허탈해진 목소리로 말했다.

"그전의 일은 루주께서 처리한 일이라 나는 아는 바가 없소. 다만 당시 루주께서 당신에게 살해했다는 것과 이번에 당신이 무림맹을 방문했다는 것은 소균이 가져온 정보였소."

설무백은 예상과 조금 다른 상황이라 절로 미간을 찌푸리며 물었다.

"담각만이 그자에 대해서 알고 있다는 소린가?"

소사가 힘없이 눈동자를 내리깔며 대답했다.

"그렇소."

설무백은 짧은 한숨을 내쉬었다.

소사의 모습에 일말의 기만도 담겨 있지 않아서 그랬다.

이윽고, 그는 말했다.

"약속해. 그자들은 틀림없이 죽게 될 거다!"

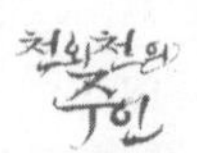

말과 동시에 그의 손아귀에 순간적으로 강한 힘이 들어갔다.

우둑—!

섬뜩한 소음과 함께 소사의 고개가 앞으로 숙여졌다.

그야말로 신음조차 흘릴 수 없는 즉사였다.

설무백은 죽은 소사를 놓아주고 무심하게 손을 털며 일어나서 밖으로 나서며 말했다.

"주변 어딘가에 담각이 있을 겁니다. 명색이 아비가 정해 준 노복이라 절대 떨어지지 않거든요."

야제 등에게 해 주는 말이었다.

담각과 소사의 주종 관계가 어떻게 성립되었는지 그는 익히 잘 알고 있는 것이다. 그리고 그는 말미에 부탁을 남기며 밖으로 사라졌다.

"제가 가서 찾아올 테니, 여기 정리나 좀 해 주세요."

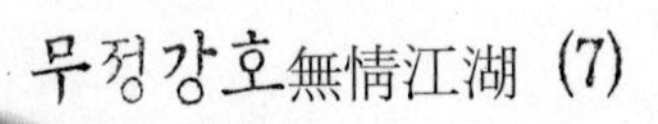
무정강호無情江湖 (7)

"세 사람은 그냥 있어. 아무리 사자는 토끼 한 마리를 잡을 때도 전력을 다한다는 말이 있긴 하지만, 이건 너무 심하잖아."

양조장을 벗어나며 그렇듯 풍사 등을 떼어 놓고 저잣거리로 나선 설무백은 혹시나 하는 마음에 기루부터 뒤졌다.

담각이 꽤나 여자를 밝히는 녀석이라는 기억이 떠올랐기 때문이다.

그리고 과연 그랬다.

흑점의 본점인 춘래객잔 주변에는 대략 십여 개의 주루가 있고, 그중에 다섯 개가 술이나 음식보다 기녀의 미색과 가무를 파는 기루인데, 설무백은 운이 좋게도 불과 두 번째 기루에서 담각과 만날 수 있었다.

저잣거리의 중앙을 차지하고 있으며 여차 주루들을 포함해도 가장 큰 규모를 자랑하는 기루인 사상루(四象樓)의 별채였다.

다만 담각은 혼자가 아니었다.

예상과 조금 달리 기녀는 없지만 주지육림의 술상을 마주한 담각의 곁에는 이십대 후반의 사내 하나와 백발이 성성한 백의노인 하나가 앉아 있었고, 그들의 뒤에는 예리한 눈초리와 삼엄한 기색을 드러낸 네 명의 적포노인이 시립해 있었다.

그리고 또 있었다.

제법 범상치 않은 수준의 은신술로 암중에 매복한 자들이 무려 십여 명이나 되었다.

설무백은 내색을 삼간 채 매복자들의 위치를 파악하며 술상을 마주한 자들을 둘러보았다.

다들 알 만한 자들이었다.

담각의 곁에 앉아 있는 이십대 후반의 사내는 바로 담황은 첫째 아들인 옥기린(玉麒麟) 담영(談瑩)이며, 그 곁에 앉은 백발의 백의노인은 신마루의 대장로인 사검귀노(死劍鬼老) 악원(岳元), 그리고 그들의 뒤에 시립한 적포노인들은 바로 적포구마성의 남은 네 명이었다.

놀랍게도 신마루의 중핵을 이루는 요인들이 한자리에 모여 있는 것이다.

그래서일까?

느닷없이 별채의 방문을 박차고 들어선 설무백 등을 마주하

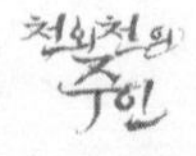

고도 그들은 전혀 놀라거나 당황하는 기색이 아니었다.

단순히 자신이 있어서가 아니라 마치 기다리던 사람을 마주한 것 같은 태도인 것이다.

다만 이상한 것은 담각의 얼굴에 가득한 취기였다.

설무백은 그런 담각을 바라보며 눈살을 찌푸리는 참인데, 공야무륵이 더는 기다리지 않고 노골적으로 분노한 기색을 드러내며 쌍도끼를 뽑아 들었다.

"늙은이가 죽어 가면서까지 재주를 부렸네요."

혈전귀조 소사를 두고 하는 말이었다.

공야무륵은 작금의 상황을 소사의 함정으로 인식하고 있는 것이다.

설무백은 슬쩍 손을 내밀어서 공야무륵을 막으며 말했다.

"그건 아닐 거야. 그보다는 그 역시 자신이 미끼에 불과했다는 사실을 몰랐을 테지. 그의 태도는 진심으로 보였으니까."

옥기린 담영이 빙그레 웃는 낯으로 불쑥 그들의 대화에 끼어들었다.

"제대로 보았다. 소사와 곽응은 우리가 여기에 온 줄도 모르지. 아무려나, 이럴 거라고 생각은 했지만, 그래도 실망스럽긴 하군. 고작 목숨의 위협에 주인을 팔다니 말이야."

담영이 슬쩍 뒤에 시립한 적포구마성의 네 명을 일별하며 담각을 보았다.

'어떠냐? 내 말이 맞았지?'라는 듯한 태도였다.

"쳇!"

담각이 혀를 차며 그런 담영 대신 설무백의 시선을 마주했다. 그는 한껏 풀어진 눈빛으로 흐느적거리면서도 자못 매섭게 설무백을 노려보며 술잔을 들이켰다.

몸을 가누기 어려울 정도로 만취한 주제에 설무백을 향해 분노를 드러내고 있는 것이다.

그에 반해 적포구마성의 넷은 설무백을 주시한 채로 분노를 더하고 있었다.

소사와 곽응의 죽음에 대한 분노가 머리꼭대기가지 치솟은 모습이었다.

설무백은 실로 우습기 짝이 없었다.

수하를 미끼로 쓴 담영이나 그걸 알고도 미끼로 내준 담각, 그리고 정작 화를 내야 할 그들에게는 일말의 반항도 못한 채 자신을 향해 분노를 토하는 적포구마성의 네 사람이 그의 눈에는 하나같이 비열한 멍청이로 보였다.

설무백은 한심하다는 표정으로 그들을 바라보며 말했다.

"뭔가 착각을 하는 모양인데, 소사는 담각을 팔지 않았다. 그는 다만 자신과 자신이 모시는 담각, 더 나아가서 혈목사마담황을 이용한 자가 있음을 깨닫고 복수를 위해서 담각을 언급했을 뿐이다. 그 대가로 자신의 목숨을 내놓았고 말이다."

연신 술잔을 기울이고 있던 담각의 표정이 일그러졌다.

술잔을 잡은 그의 손아귀에 힘줄이 돋아나고 있었다.

그러나 담영은 그저 웃었다.
그게 무슨 대수냐는 식의 비웃음이었다.
곧바로 뱉어진 그의 말도 그랬다.
"그래서? 그걸로 지금의 상황이 뭐가 달라지나?"
설무백은 간살스러운 담영의 반문을 듣고 구차하게 긴 대화를 나눌 가치를 느끼지 못해서 거두절미하고 물었다.
"보아하니 네가 이번 일을 주동한 모양이구나. 그래, 달라질 건 없지. 그래서 묻는 건데, 대체 너를 내게 보낸 자가 누구냐?"
담영이 묘하다는 표정으로 삐딱하게 바라보며 반문했다.
"내가 그걸 네게 알려 줄 이유가 있을까?"
설무백은 무심하게 대답했다.
"죽기 싫으면 대답해야지."
"흥!"
담영이 가소롭다는 듯 코웃음을 치며 쏘아붙였다.
"아직도 상황 파악이 전혀 안 되냐? 지금 누가 누구의 함정에 빠진 건지 정말 모르겠어?"
"대체 누가 상황 파악을 못하는 건지 보여 주지."
설무백은 특유의 미온한 미소를 지으며 말을 자르고는 담영 등을 주시한 채로 재우쳐 경고했다.
"지금부터 움직이지 마. 움직이면 죽는다."
담각은 이미 만취해서 술상에 엎어진 상태라 차치하고, 담영과 악원은 그저 가소롭다는 듯이 피식 웃는 데 그쳤으나, 적포구마성의 하나가 참지 못하고 발끈해서 병기를 뽑아 들었다.

"감히……!"

적포구마성 중에서 성질이 번갯불처럼 급하다고 알려진 여덟째 혈사검(血死劍) 청조(青鳥)였다.

순간, 어느새 들린 설무백의 손이 그를 가리켰다.

피슝-!

예리한 바람 소리가 장내를 가로질렀다.

검을 뽑아 든 혈사검 청조의 이마를 관통하는 바람 소리였다.

천기혼원공에 기반한 절대극강의 지공인 무극신화지, 일명 무극지가 펼쳐진 것이다.

청조의 이마에 붉은 구멍이 뚫리고, 뒤통수로 빠져나간 한 줄기 핏물이 벽에 뿌려지고 있었다.

그때까지도 청조는 쓰러지지 않았다.

방어는커녕 자신이 당한 것조차 모르게 죽을 맞이해 버린 것이다.

청조의 신형이 뒤늦게 수중의 검을 놓치며 뒤로 넘어갔다.

무슨 일이 벌어진 것인지 어리둥절하던 장내의 모두가 그제야 그의 죽음을 알게 되었다.

"청조야!"

"형님!"

청조의 곁에 서 있던 적포구마성의 일곱째 절혼귀검(切魂鬼劍)

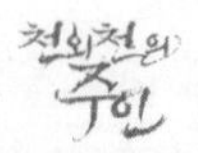

냉상(冷霜)과 여덟째 구인겸(九刃鎌) 막정(莫頂)이 쓰러지는 청조를 부축하려고 손을 뻗었다.

그래서 그들도 죽었다.

피피슝-!

예리한 바람 소리가 연이어 장내를 가로지르자, 청조를 부축하려고 손을 내미느라 옆으로 비틀어지던 냉상과 막정의 이마에 붉은 구멍이 뚫렸다.

그들은 부축하던 청조와 함께 고꾸라졌다.

"이놈!"

담영과 악원이 새파랗게 질린 모습으로 설무백을 바라보았다.

그러나 졸지에 눈앞에서 세 명의 형제를 잃은 적포구마성의 여섯째 한천사검(寒天死劍) 추경도(推徑道)는 경악과 불신을 넘어서 분노를 터트리며 설무백을 향해 신형을 날렸다.

빨랐다.

하지만 설무백의 손짓보다 빠르진 못했다.

설무백의 손이 담영과 악원 사이를 가로질러서 쇄도하는 추경도를 가리켰다.

피슝-!

이제는 공포를 안겨 주는 예리한 파공음이 다시 울렸다. 그리고 설무백을 향해 쇄도하던 추경도가 여지없이 이마에 뚫린 구멍으로 핏물을 튀기며 주지육림의 술상으로 고꾸라졌다.

와장창-!

술상이 박살 나며 술과 음식이 사방으로 튀었다.

술상에 엎어져 있던 담각의 신형이 옆으로 나뒹굴었다.

담영과 악원이 순간적으로 일어나서 뒤로 물러나고는 두려운 기색으로 설무백의 눈치를 보았다.

다행히 설무백은 그들을 향해 손을 내밀지 않았다.

대신에 차게 웃으며 나직한 한마디를 흘렸다.

"내친김에 주변의 매복도 다 정리하자."

암중의 요미와 흑영, 백영에게 하는 말이었다.

순간, 요미가 한줄기 바람으로 변해서 그의 그림자를 빠져나갔다.

때를 같이해서 나선 흑영과 배영도 바람처럼 주변을 휩쓸며 매복자들을 처리했다.

비명은 없었다.

미세하나 예리한 느낌을 주는 바람 소리가 들려오며 무언가 연이어서 쓰러지는 소리만 들려올 뿐이었다.

그것도 아주 잠시였다.

장내의 주변을 휩쓴 바람은 불과 서너 호흡 만에 흔적도 없이 사라졌고, 동시에 귀신처럼 천장에서 불쑥 머리를 내민 요미가 물었다.

"재들은?"

담영과 악원을 두고 하는 말이었다.

담영과 악원이 화들짝 놀라며 일어나서 저마다 본능처럼 칼을 뽑아 들었다.

설무백은 그러거나 말거나 요미를 향해 고개를 저었다.

"그냥 둬. 아직 들어 볼 얘기가 있으니까."

요미가 아쉽다는 듯 담영과 악원을 쳐다보며 입맛을 다시고는 마치 물처럼 혹은 안개처럼 천장에서부터 서서히 흘러 내려와서 설무백의 그림자 속으로 스르르 잠겨 들어갔다.

이제 대성을 목전에 두고 있는 사천미령제신술의 신기였다.

담영과 악원이 실로 귀신처럼 괴괴한 그 광경에 놀라서 절로 마른침을 삼키며 뒤로 물러났다.

설무백은 무심하게 그들을 바라보며 물었다.

"자, 이제 누가 상황 파악을 못한 건지 알겠지?"

담영과 악원은 그저 굳어진 모습으로 바라볼 뿐, 대답하지 않았다.

경악과 불신, 공포로 인해 말문이 막힌 것인지도 몰랐다.

자타가 공인하는 흑도백대고수인 적포구마성의 넷이 마치 어린애 장난 것은 설무백의 손짓 아래 속절없이 죽어 버렸고, 신마루의 최정예인 그들의 친위대가 설무백의 명령 한마디에 거짓말처럼 소멸되어 버렸으니, 그럴 만도 했다.

그러나 설무백은 어떤 식으로든 그들을 봐줄 생각이 눈곱만큼도 없었다.

그는 추호도 감정이 느껴지지 않는 무심한 눈빛으로 그들을 바라보며 물었다.

"너희들을 여기로 보낸 자가 누구냐?"

"익!"

사검귀노 악원이 순간적으로 솟구쳤다.

아무런 사전 동작도 없이 펼쳐진 어기충소의 신법이었다.

쾅-!

요란한 폭음이 터지며 천장의 일각이 부서졌다.

악원의 신형은 이미 보이지 않고 있었다.

그러나 설무백은 상관하지 않고 팔짱을 끼며 악원이 빠져나간 천장의 구멍을 묵묵히 바라보았다.

담영이 왜 그러는지 이유를 모르겠다는 표정이다가 뒤늦게 깨닫고는 절로 미간을 찌푸렸다.

대체 언제 어떻게 사라졌는지는 모르겠으나, 분명 설무백의 뒤에 서 있던 공야무륵이 보이지 않았던 것이다.

그때였다.

휘우우웅-!

악원이 도주하며 뚫어 놓은 천장의 구멍을 통해서 한줄기 거친 바람이 들이치며 우수수 잔해가 쏟아졌다.

동시에 담영의 두 눈이 찢어질 듯 크게 떠졌다.

천장의 구멍을 통해서 불어닥친 거친 바람의 정체가 바로 공야무륵이었고, 그 공야무륵의 손에 눈도 감지 않은 악원의 머리가 들려 있었기 때문이다.

공야무륵은 찰나지간 도주한 악원을 쫓아가 불과 서너 호흡도 지나지 않아 머리를 베어 온 것이다.

툭―!

공야무륵이 아무렇지도 않게, 그야말로 당연하다는 듯이 들고 있던 악원의 머리를 바닥에 한쪽에 내던지고는 태연하게 설무백의 곁에 섰다.

설무백도 그랬다.

그 역시 공야무륵이 악원의 머리를 잘라 오는 것이 당연하다는 듯 아무렇지도 일별하고 말았다.

담영은 절로 몸서리를 쳤다.

가없는 두려움이 그의 전신을 오싹하게 만들고 있었다.

설무백이 그런 그를 향해 피식 웃고는 구멍 뚫린 천장을 손으로 가리키며 말했다.

"너도 한번 도전해 볼래?"

담영은 새삼 몸서리를 치며 힘주어 대답했다.

"십전옥룡 구양일산이오! 내게 귀하의 위치를 알려 준 것이 바로 그자요!"

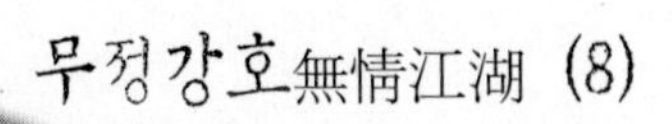
무정강호無情江湖 (8)

"남궁세가와 더불어 강남의 양대무가로 손꼽히는 구양세가의 장남이지요."

"그리고?"

"타고난 무재라서 대단한 무공도 성취했다죠, 아마?"

"이를 테면요?"

"강호 무림에 출도하자마자 주목을 받은 것은 가문의 후광이라고 쳐도, 불과 수년 만에 명실공히 천하대사를 주무르는 강호 명숙의 자리에 오른 실력자가 되었으니, 말 다했죠. 무공은 말할 것도 없고, 천문지리에서부터 기관지학에 이르기까지 못하는 것이, 아니, 부족한 것이 없을 정도로 박학다식하다더군요. 게다가 성품도 군자, 그러니 십전옥룡이라 부르는 것일 테지요."

"그가 정숙하고 겸손한 성품인데다가, 일찍이 강호 무림의 전설과도 같은 구양세가의 심오막측한 비전도법에 달통해서 약관에 이미 강남 무림의 사대 도객 중 하나로 꼽힌다는 얘기는 나도 들었지. 혹자는 작금의 강호 무림에서 가장 찬란하게 떠오르는 젊은 태양이라고까지 하더군. 그래서 내가 더욱 기분이 묘해, 그런 자가 왜 무림맹이 아니라 하필 흑도천상회의 일원이 된 건지 도통 모르겠단 말이지."

"그건 그의 선택이 아니라는 얘기가 있어요."

"가문의 선택을 따른 거다?"

"듣기에는 구양세가의 전대 가주인 신도귀명(神刀鬼鳴) 구양청(歐陽菁)이 쾌활림의 암왕 사도진악 등 무림오왕과 꽤나 두터운 친분을 가졌다고 하더군요. 다들 그래서라고 추측하고 있습니다."

"……!"

흑점의 본점인 춘래객잔의 별채에 자리한 설무백의 거처였다.

급히 불러들인 하오문의 녹산예를 통해서 구양세가의 장남인 십전옥룡 구양일산의 내력을 파악해 보던 설무백은 예기치 못한 암왕 사도진악의 등장에 절로 말문이 막혀 버렸다.

그가 가진 전생의 기억에는 사도진악과 구양세가의 친분이 없었던 것이다.

'내가 몰랐던 건가?'

아마도 그럴 가능성이 높았다.

아무리 생각해도 이건 그의 환생으로 인해 뒤틀린 역사의 일부가 아니었다.

그러기에는 당시와 지금의 시간적인 차이가 너무 극심했다.

'사실이 그렇다면 사도진악이 평소 철저하게 나를 속였다는 의미가 되겠군!'

설무백은 그런 생각이 들자 새삼 사도진악의 치밀함에 몸서리가 쳐졌다.

그런 그의 모습을 보고 녹산예가 오해했다.

"그게 그렇게도 놀랄 일인가요?"

"아니, 잠시 딴생각을 하다가 그만……."

설무백은 상념에서 벗어나서 멋쩍게 웃으며 대답하고는 말문을 돌렸다.

"그보다 지금 흑도천상회에 대한 정보는 누가 수집하고 있지?"

"백이문이 하고 있습니다. 그렇지 않아도 보고할 것이 있는지 조만간 주군을 찾아뵙겠다고 했는데, 미리 부를까요?"

"어디에 있지?"

"아직 무한(武漢)에 있습니다. 흑도천상회의 총단이 거기, 동호변에 있으니, 당분간은 거기 근방을 떠나지 못할 겁니다. 연락을 취하면 대략 사나흘 안에 도착할 텐데, 부를까요?"

설무백은 잠시 고민하다가 고개를 저었다.

"아니, 그냥 둬. 그쪽 동향도 살펴볼 겸 그냥 내가 가 보는 게 낫겠다."

녹산예가 걱정했다.

"풍잔을 떠나오신 지 꽤 되신 걸로 아는데, 괜찮으시겠어요?"

설무백은 피식 웃으며 반문했다.

"어디를 걱정해? 나야 풍잔이야?"

"그야 물론……."

녹산예가 말꼬리를 늘이며 눈치를 보다가 어색하게 웃는 낯으로 말했다.

"둘 다죠."

설무백은 새삼 피식 웃으며 장담했다.

"작금의 천하에서 나에게 위해를 가할 수 있는 사람은 셋을 넘지 않는다고 생각하는데, 그 셋도 공야무륵과 요미, 흑영, 백영이 지키는 나는 절대 어쩔 수 없어. 그런데 그런 우리가 힘을 합해도 어쩔 수 없는 철옹성이 바로 지금의 풍잔이야. 이래도 걱정돼?"

녹산예가 예리하게 지적했다.

"그게 마교를 포함한 거라면 걱정하지 않죠."

"작금의 마교는 천하의 그 누구에게나 미지수야."

설무백은 잘라 물었다.

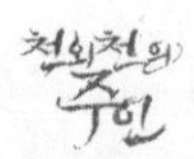

"소위 구더기 무서워서 장 못 담근다거나, 장마가 무서워 호박을 못 심겠다는 말이나 같은 건데, 그러고 싶어?"

녹산예가 새삼스러운 눈빛으로 설무백을 바라보며 감탄했다.

"이제 보니 주군, 말이 아주 청산유수네요?"

그리고 짐짓 혀를 내밀어서 입술을 핥는 요망한 태도와 끈적끈적한 눈빛으로 바라보며 한마디 덧붙였다.

"탐나게."

설무백은 짐짓 눈총을 주었다.

"까불래?"

녹산예가 표정을 풀며 낙담했다.

"역시 안 통하네."

방금 그녀는 농반 진반으로 살짝 특유의 제혼술을 펼쳤는데, 설무백에는 전혀 통하지 않았던 것이다.

본래의 모습으로 돌아간 녹산예가 히죽 웃고는 애써 말문을 돌렸다.

"아무튼, 아무리 그래도 조심하세요. 여기 하남성이나 거기 호북성 일대는 그나마 무림맹과 흑도천상회의 입김이 통해서 상대적으로 잠잠한 편이지만, 다른 지역은 다릅니다. 그야말로 아비귀환인 지역이 허다합니다. 이건 혹시나 해서 드리는 말씀입니다만……."

말꼬리를 늘인 그녀가 문가에 서 있는 공야무륵을 바라보며 말을 이었다.

"아무리 봐도 저 사내는 무딘 구석이 적지 않아서 느닷없이 다가오는 횡액에는 무용지물이니……."

그녀의 시선이 실내의 등불로 흐리게 드리워진 설무백의 그림자로 돌려졌다.

"눈치 빠르고 몸이 날랜 우리 꼬마 아가씨는 절대 떼 놓고 다니지 마시길 바랍니다. 주군과는 막다른 길목에서도 상생의 길이 열리는 합(合)이니까요."

그녀가 바라보는 설무백의 그림자 속에서 불쑥 요미의 머리가 솟아나서 말했다.

"난 언니가 이유 없이 그렇게 좋더라?"

설무백은 짐짓 그녀들에게 눈총을 주었다.

"적당히 하지?"

"큼."

녹산예가 나직이 헛기침을 하며 딴청을 부리는 가운데, 시선을 피한 요미의 머리가 스르르 그의 그림자 속으로 사라졌다.

설무백은 잠시 어이없어하다가 방문을 향해 시선을 돌렸다.

문가로 다가오는 다수의 인기척이 있었다.

과연 바로 누군가가 문을 두드렸다.

"주군, 접니다. 들어가도 되겠습니까?"

풍사의 목소리였다.

"들어와."

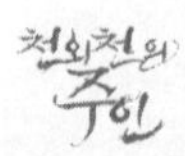

설무백이 허락하기 무섭게 문을 열고 안으로 들어서는 풍사의 뒤에는 적잖은 사람들이 따르고 있었다.

대력귀와 철마립은 물론, 야제 등 삼태상과 수관사 방척, 그리고 조극을 위시해서 혈기왕성해 보인다는 말이 무색해 보일 정도로 어려 보이는 흑점의 젊은 사자, 여섯이었다.

"아니, 무슨 일로……?"

설무백이 어리둥절해하자, 풍사가 슬쩍 야제 등을 일별하며 대답했다.

"깜빡 잊고 말씀드리지 못한 것이 기억나서 오다가 만났습니다. 무슨 다른 용무가 있으신 모양이죠."

야제가 말을 받았다.

"다른 게 아니라, 사제가 데려온 두 녀석 다 시키는 대로 안채의 별실에서 쉬도록 해 두었네. 각별히 경계를 세우긴 했지만, 만취해서 곯아떨어진 녀석은 깨어날 기미가 없고, 다른 한 녀석은 충격이 컸는지 아주 멍한 상태라 내일까지는 꼼짝도 하지 않을 것 같더군."

설무백은 멋쩍어 했다.

"뭐 그런 걸 다 일일이 보고하세요. 그냥 알아서 처리하시면 되지."

야제가 고개를 저으며 사뭇 단호하게 말했다.

"아니, 그건 안 될 말이네. 서열을 무시하고 지키지 않으면 체계가 무너지는 법이야. 그러니 사제 자네도 흑점의 주인이라는 것을 잊지 말고 제대로 처신해 주게."

그는 이어서 어색하게 웃으며 한마디 사정을 덧붙였다.

"다만 말투는 워낙 오랫동안의 습관이라서 말이야, 차차 고칠 테니 약간의 시간을 주게."

설무백은 피식 웃으며 대답했다.

"편한 대로 하세요."

"아, 그리고……!"

야제가 싱긋 따라 웃다가 이내 뒤쪽에 서 있던 십여 세가량의 소년을 끌어당겨서 앞에 세웠다.

"보고 싶다던 그 녀석!"

전대 흑점의 삼태상 중 하나인 철장마제 조무기의 손자라는 조극이었다.

가까이서 보니 멀리서 볼 때보다 더 어려 보이는 소년인 조극이 바짝 긴장한 모습으로 포권의 예를 취했다.

"조극입니다!"

설무백은 어리지만 단단한 차돌처럼 견고한 느낌을 주는 조극의 모습에 흡족해서 절로 고개를 끄덕였다.

그러다가 문득 떠올라서 야제를 향해 물었다.

"근데, 다른 녀석은요?"

"냉초(冷草), 그 녀석은 아직 도착하지 않아서 말이야. 도착하면 바로 데려다 줄게."

냉초도 조극과 마찬가지로 전대 삼태상 중 하나인 천인사

검 냉소담의 핏줄인 손자였다.

야제 등에게 냉초 역시 조극만큼이나 뛰어난 무재라는 얘기를 들은 설무백은 조극만이 아니라 냉초와도 함께할 수 있는 시간을 마련해 달라고 부탁해 두었던 것이다.

"아, 참!"

설무백은 새삼스럽게 조극을 눈여겨보다가 이내 풍사의 시선을 의식하고 멋쩍게 웃으며 물었다.

"할 말이 있다고 했지? 뭔데 그게?"

"아, 예."

풍사도 그들의 대화를 듣느라, 그리고 설무백이 관심을 보이는 조극의 기도를 살피느라 정신을 놓고 있다가 그제야 정신을 차리며 서둘러 품에서 서신 하나를 꺼내 건넸다.

"제갈 군사의 서신입니다."

"제갈명이……?"

설무백은 의외의 서신이라 어리둥절해하며 겹으로 꼬깃꼬깃 접은 서신을 펼쳐서 내용을 읽었다.

설마 그럴 리야 없을 테지만, 만에 하나 혹시 몰라서 말씀드립니다. 어울리지 않게 제 눈치 보지 마세요.

설무백은 이내 서신의 내용이 무림맹의 일원인 제갈세가를 두고 하는 말이라는 것을 깨닫고는 절로 실소했다.

제갈명이 이 내용을 적어서 보내기 전까지 얼마나 많은 고민을 했을지 뻔히 눈에 보여서 그랬다.

그리고 돌이켜 보니 기분이 무색해졌다.

제갈명은 이역말리에서도 그의 생각을 정확히 꿰고 있었다.

전날 그가 길을 막고 나선 곤륜파의 매옥청 등을 곱게 그냥 보내 준 것은 본래의 그답지 않은 처신이었다.

요컨대 그들과 함께 있는 제갈세가의 제갈상린을 보자 못내 제갈명이 눈에 밟혀서 그냥 보내 준 면이 강했던 것이다.

"누가 여우 아니랄까 봐서는……!"

"예?"

"아니, 그냥 하는 소리야."

설무백이 시치미를 떼자, 풍사가 가볍게 웃는 낯으로 그냥 물러나며 말했다.

"그냥 하는 소리가 아닌 것 같지만, 그렇다고 해 두죠. 그럼 저는 이만…… 아, 그리고 여기 친구들 교육은 다들 도착한 다음에 시작하기로 했습니다. 다 도착하려면 사나흘 정도 걸릴 것 같다고 하니, 오랜만에 푹 쉴 수 있겠습니다. 하하하……!"

풍사가 기분 좋게 웃으며 밖으로 나서고, 늘 그렇듯 말수가 적은 철마립과 대력귀는 묵묵히 공수하고 돌아서서 그 뒤를 따랐다.

설무백은 돌아서는 대력귀를 불러 세웠다.

"우리 대력귀 소저는 잠시 남지?"

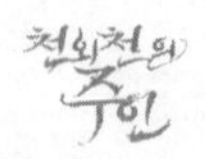

대력귀가 남았다.

"무슨 시키실 일이라도……?"

설무백은 먼저 사정을 설명해 주었다.

"오늘 신마루 애들이 여기 나타난 것은 나를 찾기 위해서였고, 그건 무림맹에서 내 행적에 대한 정보가 샜기 때문이야."

대력귀가 눈치 빠르게 물었다.

"무림맹의 누구를 찾아가서 무슨 말을 전할까요?"

설무백은 무심하게 말했다.

"남궁유화를 찾아가서 전해. 주변에 쥐새끼가 있는 같으니까 한시라도 빨리 처리하라고."

대력귀가 고개를 갸웃했다.

"남궁유아가 아니라 남궁유화인가요?"

"응."

설무백은 애써 무심하게 잘라 말했다.

"그래 남궁유아의 동생인 남궁유화. 그녀가 백선의 머리거든."

설무백에게 남궁유화의 거처를 설명 받고 춘래객잔을 나선 대력귀는 즉시 도심을 가로질러서 무림맹으로 갔다.

그리고 저 멀리 어둠이 드리워진 무림맹의 측면 담장을 바라보며 잠시 고민했다.

복면을 써야 할까?

결론은 복면을 쓰는 것이었다.

무림맹은 적이라고 볼 수 없지만, 아군이라고 볼 수도 없었다.

명색이 손꼽히는 독행대도인 그녀인지라 발각될 가능성은 거의 없다고 자신했으나, 그래도 만사불여튼튼이었다.

복면은 가지고 있었다.

습관이었다.

투도를 끊은 지 오래였지만, 그녀는 투도에 관한 도구일체가 품에 지니고 다녔다.

없으면 허전했다.

습관이 그래서 무서운 것이다.

그래서였다.

대력귀는 내친김에 복면만이 아니라 지난날 투도에 나설 때처럼 소매도 좁히고, 바짓가랑이도 당겼다.

바람에 펄럭이던 헐렁한 흑포가 몸에 착 달라붙는 흑의 무복으로 바뀌었다.

그렇게 독행대도 대력귀로 돌아간 그녀는 고도의 경신술로 이끼 낀 돌담을 넘어서 무림맹의 영내로 잠입했다.

그리고 전각의 지붕과 처마가 만드는 어둠 속을 그림자처럼 소리 없이 움직여서 이내 설무백이 알려 준 남궁유화의 거처인 전각으로 다가섰다.

한 번도 와 보지 않은 장소인지라 이 시간이면 어느 지점에 경계 무사가 번을 서고, 또한 그와 무관하게 어디의 누가 잠들

지 않고 깨어 있는지 전혀 아는 바가 없지만, 그녀는 본능적으로 사람의 시야가 닫기 어려운 사각지대를 찾는 눈과 감각을 가지고 있었다.

소위 무공의 깊이와 또 다른 능력인 도둑의 재능이었다.

원하는 바와 무관하게 그녀는 천부적으로 빠른 손과 날카로운 눈매, 그리고 뛰어난 감각을, 바로 육감(六感)이라 불리는 일종의 영감(靈感)을 타고났던 것이다.

남궁유화의 거처인 전각의 처마 아래로 스며들어서 거머리처럼 벽에 달라붙은 그녀가 일순 고개를 갸웃한 이유가 그 때문이었다.

전각의 내부에서 느껴지는 기운이 묘했다.

아니, 정확히는 전각의 내부에서 느껴지는 기운이 아닌 것 같기도 했다.

전각의 내부에는 분명 두 사람, 남궁유화로 보이는 기척과 그녀의 아들로 생각되는 아이의 기척이 느껴지는데, 어디선가 조금은 이질적인 느낌을 주는 기운이 섞여들고 있었다.

'뭐지?'

대력귀는 숨을 죽였다.

그리고 극도의 긴장감 속에 인내하며 정신을 집중했다.

지금 무언가 미지의 존재가 있다고 말하는 자신의 감각이 사실인지 아닌지를 판단하기 위해서였다.

그러나 아무리 심력을 기울여도 좀처럼 답이 나오지 않았다.

게다가 그 느낌이 익숙해지자, 마치 예민한 신경으로 인해 생기는 이명(耳鳴)처럼 점점 더 실체가 모호하게 느껴졌다.

하물며 그런 와중에 왠지 모르게 익숙하다는 느낌이 드는 것은 또 왜일까?

'아닌가? 내가 너무 과민한 건가?'

대력귀는 어느 것도 확신할 수 없었으나, 더는 집중할 수도 없었다.

상념이 상념을 만드는 법이었다.

이런 식으로 뒤틀린 감각에 집중하다 보면 없는 것도 있는 것처럼 오인하게 된다는 것을 그녀는 익히 잘 알고 있었다.

애써 마음을 추스른 그녀는 처마 아래 그늘을 따라 이동해서 전각의 창가에 달라붙으며 내부에서 들리는 소리에 귀를 기울였다.

작은 웅얼거림 뒤로 나직하니 선명한 남궁유화의 목소리가 들려왔다.

"……엄마도 그래. 우리 소천이가 제일이지."

"……."

"그래도 알고 싶다고?"

"……."

"그래그래, 이 엄마가 졌다. 대신 오늘만이다? 다음에 또 떼쓰면 안 돼?"

"……."

"그러니까, 뭐랄까? 우리 소천이 아빠는 말이지. 아주 대단하고 멋진 사람이야. 눈치가 좀 없긴 하지만, 천하의 그 어떤 사내와 비교해도 절대 꿀리지 않는 대장부지. 우리 소천이는 그런 아빠를……."

대력귀는 더 듣지 않기 위해서 급히 관심을 끊었다.

지금 남궁유화는 아들과 대화를 나누는 것 같지만, 사실은 그런 식으로 자신의 마음을 드러내고 있었다.

여자가 무언가 맺힌 구석이 있을 때나 무언가 허전할 때 주로 하는 일종의 독백인 것인데, 같은 여자로서 민망하기도 하고 미안하기도 해서 그냥 듣고 있을 수가 없었다.

그녀는 재빨리 창문을 열고 안으로 스며들어갔다.

창문의 크기는 그리 크지 않았으나, 그녀는 육체의 근육은 물론 뼈마디까지 줄일 수 있는 축골공을 익힌지라 아무런 무리 없이 안으로 들어갈 수 있었다.

창문 안쪽은 방이었다.

다만 남궁유화와 아들 소천이 함께 있는 방이 아니라 그 옆에 붙은 다른 내실이었다.

대력귀는 그 내실을 벗어나서 작은 대청으로 나섰고, 바로 옆에 붙은 방의 문 앞에 서서 작은 인기척을 내며 문을 두드렸다.

"풍잔에서 왔습니다. 잠시 시간 좀 내주시겠습니까?"

대력귀는 허락을 기다리지 않고 문을 열며 방으로 들어갔다.

사전에 인기척을 내준 것만으로도 그녀로서는 최대한의 예의를 갖춘 것이었다.

남궁유화가 아니라 아이 때문이었다.

다행히 남궁유화도 그 정도를 문제 삼을 여자로는 보이지 않았다.

대력귀를 맞이하는 태도가 그랬다.

남궁유화는 놀라거나 당황한 기색이 아니라 자못 침착한 기색, 냉정한 눈빛으로 안으로 들어선 대력귀를 바라보고 있었다.

'엄마니까.'

대력귀는 망사 휘장이 내려진 사주침상을 등지고 바닥에 앉은 남궁유화의 등 뒤에서 빼쭉 얼굴을 내밀고 쳐다보는 아이 소천을 발견하고는 그렇게 단정했다.

자식을 걱정하는 어미의 억척이 아니라면 지금처럼 눈빛 하나 흔들리지 않는 냉정을 유지할 수는 없을 터였다.

그 상태로, 그녀가 아쉬움을 드러냈다.

"복면은 쓰지 말지 그랬어요."

대력귀는 남궁유화의 말과 상관없이 오늘은 어째 이상한 날이라는 기분이 들었다.

남궁유화의 어깨 너머로 빼쭉 눈만 내밀고 쳐다보는 어린아이 소천의 눈매가 어딘지 모르게 낯설지 않다는 기분이 들어서였다.

그 바람에 남궁유화의 말을 제대로 듣지 못한 그녀는 애써 마음을 다잡으며 말했다.

"주군의 전갈이에요. 백선의 내부 혹은 주변에 정보를 빼돌리는 쥐새끼가 있으니 빨리 처리하랍니다."

같은 시간, 설무백은 야제가 한번 봐보라고 조극과 함께 데려온 다섯 명의 아이들 중 마지막 다섯 번째 아이를 마주하고 있었다.

"이름?"

"강산(剛山)입니다."

"금수강산(錦繡江山)할 때 그 강산?"

"아니요. 굳세고 강한 산이라는 뜻의 강산입니다."

"전혀 그렇게 안 보이는데?"

실로 그렇게 보이지 않았다.

앞서 나서 네 명의 젊은 사자들은 그나마 덩치라도 있었지만, 지금 나선 강산은 유독 작은 체구에 마르고 곱상한 얼굴이라 강한 사내라기보다는 어설프게 변장한 남장 여자처럼 보였다.

그런데 과연 눈에 보이는 게 다가 아니었다.

설무백의 무시에 안색이 변해서 노려보는 눈빛이 예사롭지 않았다.

단순히 자존심이 상해서 화를 내는 눈빛임에도 무언가 설명하기 어려운 강한 심지가 느껴졌다.

이어진 대답도 남달랐다.

"피육에 불과한 몸이 아니라 정신을 말하는 겁니다. 설령 몸은 죽어도 정신은 살아 있어야 한다는 것이 저의 믿음이고, 의지입니다."

"네가 아니라 네 부모님의 믿음이고, 의지 아닌가?"

부모님이 지어 준 이름이라고 생각해서 한 말이었는데, 틀렸다.

"아니요. 저의 믿음이고, 저의 의지입니다. 제가 스스로 지은 이름이니까요."

"부모님이 지어 준 이름이 마음에 들지 않아서 바꾸었다는 거냐, 아니면 그냥 천애고아라 스스로 지었다는 소리냐?"

"전자입니다. 부모님이 지어 준 이름이 마음에 들지 않아서 바꾸었습니다."

"몇 살 때?"

"아홉 살 때입니다."

"그래서 지금은 몇 살?"

"열여섯입니다."

설무백은 마냥 순둥이 같은 보이는 강산이 나이와 어울리지 않게 다부진 심지의 소유자임을 느끼며 짐짓 눈총을 주었다.

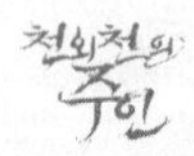

"그렇게 어린놈이 왜 그따위로 조숙해?"

"예?"

강산이 이건 예기치 못한 말인 듯 두 눈을 멀뚱거리며 바라보았다.

설무백은 이제 그런 모습마저 귀여워서 절로 픽 웃으며 말문을 돌렸다.

"장기는?"

강산이 오른손의 소매를 걷어 보이며 대답했다.

"편법(鞭法)입니다."

짧게 대답한 강산이 오른손의 소매를 걷어 보였다.

검은 색의 토시를 차고 있는 것처럼 보였는데, 아니었다.

뱀처럼 윤기 나는 검은 빛깔의 채찍이 팔목에서부터 위로 촘촘하게 감겨 있는 것이었다.

설무백은 미심쩍어하며 물었다.

"누구에게 배웠지?"

시종일관 당당하게 굴던 강산이 잠시 머뭇거리며 눈치를 보다가 이내 말없이 슬며시 유령노조를 일별했다.

설무백은 어쩐지 하는 표정으로 유령노조를 바라보았다.

유령노조가 그런 그의 시선을 외면하며 딴청을 부렸다.

설무백은 그저 웃고 넘어가다가 우연찮게 시선에 들어온 조극을 보자 문득 하나의 그림이 그려졌다.

조극은 야제를 사사했고, 강산은 유령노조를 사사했다.

그렇다면 아직 도착하지 않았다는 천인사검 냉소담의 손자, 냉초가 누구를 사사했는지는 불을 보듯 뻔한 일이었다.

바로 삼태상의 남은 한 사람, 흑천신인 것이다.

그렇다면 모르긴 해도, 강산의 내력도 결코 평범하지 않을 터였다. 설무백은 호기심이 들어서 바로 물었다.

"부모님의 존함은?"

강산이 단호하게 대답했다.

"말하고 싶지 않습니다."

설무백은 피식 웃었다.

문득 왠지 모르게 강산이 순순히 부모님의 이름을 밝혔다면 실망했을지도 모른다는 기분이 들어서였다.

싫어도 하는 양면성은 강산과 어울리지 않았다.

싫으면 하지 않는 것이 강산과 어울렸다.

"말하고 싶지 않으면 말하지 말아야지. 좋아, 그럼 바로 시작해 볼까?"

설무백의 말을 들은 강산은 곧바로 태세를 갖추었다.

앞서 순서를 기다리며 네 명의 아이를 시험하는 설무백을 보았기 때문에 추호도 망설일 이유가 없는 그였다.

순간, 강산의 눈빛이 변했다.

살기는 분명히 아니지만 그와 버금갈 정도로 강렬한 투지가 그의 눈에서 뿜어져 나오고 있었다.

설무백은 마음에 들었다.

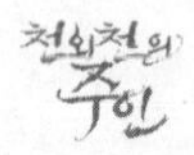

지금 강산의 기세는 대단했다.

설무백이 경계하고 주의해야 할 정도라는 소리가 아니라 그가 앞서 시험으로 손 속을 나누어 본 아이들에 비해 월등하다는 소리였다.

설무백은 그 때문에 더욱 시간을 끓고 싶지 않아서 일부러 손을 내리고 허점을 드러내며 도발했다.

"뭘 그리 꾸물거려? 하수의 장고는 숨쉬기 운동에 불과하다는 소리도 몰라? 어서 덤벼!"

강산은 역시나 나이와 어울리지 않게 조숙했고, 그만큼 침착했다.

그는 대놓고 허점을 드러내는 설무백의 도발에도 불구하고 전혀 반응하지 않겠다는 듯 조심스럽게 측면으로 돌다가 한순간 쇄도해 들어갔다.

노련하게도 도발에 넘어가지 않는다고 생각하게 해 놓고, 그 틈을 노리는 공격이었다.

쐐액-!

쇄도하며 내민 그의 손에서 검은 선이, 바로 손목에 감겨져 있던 채찍이 직선으로 뻗어져 설무백의 요혈을 노리고 있었다.

과연 유령노조의 장기인 신법과 편법의 과격함을 여지없이 재현되는 것 같은 공격이었다.

다만 설무백의 눈에는 우스운 수준이었다.

정작 유령노조의 공격도 대수롭지 않게 받아 낸 사람이 그인 것이다.

설무백은 피하지도, 물러나지도 않고 그대로 서서 쇄도하는 강산과 뻗어 나오는 채찍을 냉정히 지켜보았다.

속도는 상대적이라 다른 사람의 눈에는 섬광처럼 찰나지간에 스치는 사물도 다른 누구의 눈에는 바람에 실려 오는 낙엽처럼 한가해 보이기도 했다.

설무백은 후자의 경우였다.

그와 강산의 경지는 그 정도의 차이가 나는 것인데, 그래서 그는 뻗어 오는 강산의 채찍을 정확히 지켜보다가 한순간 손을 내밀어서 가볍게 잡아챘다.

취릭-!

강산이 뻗어 낸 채찍이 설무백의 손에 잡히며 찰나지간 빨랫줄처럼 팽팽해졌다. 설무백이 채찍을 잡아챔과 동시에 순간적으로 당긴 것이다.

"헉!"

강산이 헛바람을 삼키며 속절없이 앞으로 딸려왔다.

설무백은 슬쩍 손을 내밀어서 중심을 잃고 거칠게 딸려 온 강산의 가슴에 댔다.

실로 일말의 내력만이 주입된 손 속이었으나, 하도 절묘한 순간의 반격인 까닭에 강산은 그야말로 바람에 휩쓸린 낙엽처럼 저만치 날아가서 벽에 처박혔다.

쿵-!

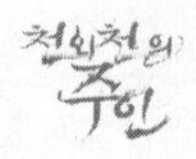

둔탁한 소리가 났고, 강산은 일어나지 못했다.

전에는 항상 시키기도 전에 먼저 나섰지만, 지금은 눈치껏 나서는 요미가 어느새 거기 가서 강산을 살펴보며 말했다.

"죽진 않았네. 늑골도 서너 개 금 가고, 어깨뼈도 살짝 주저앉아서 절대안정 보름 정도?"

설무백은 무색해진 표정으로 유령노조의 눈치를 보았다.

유령노조가 퉁명스럽게 말했다.

"눈치보지 말게. 힘 조절을 못했다는 건 그만큼 저애의 실력을 높게 평가했다는 방증일 테니, 그리 섭섭하지 않군."

사실은 그게 아니라 그 반대였다.

생각보다 높게 평가하는 바람에 보다 강한 힘이 들어간 것이었다.

그러나 굳이 그걸 밝힐 필요는 없을 것이다.

설무백은 그저 가타부타 말없이 침묵하는 것으로 유령노조의 말에 수긍하는 태도를 취하고 이내 대기하고 있던 조극에게 시선을 주었다.

조극이 화들짝 놀라며 항복이라는 듯 두 손을 번쩍 쳐들었다. 그리고 이내 그게 아니다 싶었는지 다시 두 손을 내려서 천연덕스럽게 싹싹 빌며 애걸복걸했다.

"저는 됐습니다! 절대안정 보름은 절대 사양입니다! 저는 높은 자리도 필요 없고, 매일 뒷간 청소를 시켜도 군소리 없이 그냥 할 테니, 시험 같은 건 말아 주세요!"

설무백은 절로 한숨을 내쉬며 야제를 바라보았다.

야제는 애써 그의 시선을 피하며 딴청을 부리고 있었다.

설무백은 쓰게 입맛을 다시며 고개를 돌려서 여전히 천연덕스러운 모습으로 두 손을 싹싹 비비고 조극을 바라보며 거듭 한숨을 내쉬었다.

다른 도둑질은 다해도 씨도둑은 못한다는 말이 떠올랐다.

조극을 보자니 흑혈과 야제는 물론, 그 옛날 야신 매요광의 모습마저 눈에 선하게 떠오르는 설무백이었다.

"사람 보는 눈이 어찌나 이리 한결같은지……."

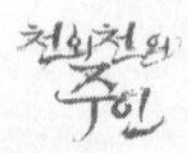

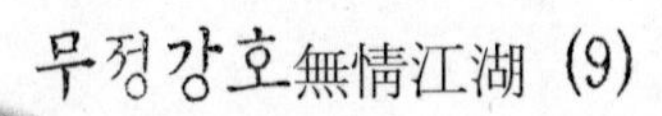

무정강호無情江湖 (9)

대력귀가 돌아온 것은 야제 등 삼태상이 흑점의 인재들이라 고 데려온 조극과 강산 등 여섯을 데리고 돌아간 다음, 설무백이 늦었지만 잠시라도 눈을 붙이려고 침상에 누웠을 때였다.

잠들기 직전에 그녀의 기척을 감지한 설무백은 침상에 누운 채로 창문을 바라보며 말했다.

"지금 보고하지 않아도 되는데?"

창밖에서 대력귀의 대답이 들려왔다.

"일을 끝내지 않으면 편히 쉴 수 없는 성격이라서요."

"그럼 문이나 열고 말하지?"

창문이 열리고 거꾸로 매달린 대력귀의 얼굴이 나타났다.

박쥐처럼 처마에 거꾸로 매달려서 창문으로 얼굴만 내밀고 있는 것이다.

아래로 길게 늘어진 머리카락 때문에 섬뜩해 보이는 그 모습을 보고 설무백은 절로 쓰게 입맛을 다셨다.

"불편하지 않아?"

"워낙 오래전부터 습관이 돼서……."

"아무리 오래된 습관이라도 이젠 좀 바꾸자. 그러다 사람 잡겠다. 나나 되니까 보고 있지, 어지간한 사람은 까무러치는 모습이야 그 모습."

거꾸로 보이는 대력귀의 미간이 살짝 일그러졌다.

"한번 생각해 보죠."

"싫다는 소리군."

설무백은 대번에 대력귀의 속내를 읽고는 재우쳐 말했다.

"됐으니까, 갔던 일이나 얼른 얘기해 봐. 제대로 잘 전달한 거지?"

대력귀가 대답했다.

"제가 제대로 잘 전달하지 못할 거라고 생각했나요?"

"왜 이리 시비조야?"

"아니, 그냥……."

"그냥 뭐?"

"왠지 제가 무슨 짐을 지운 것 같아서요."

"그게 무슨 소리야?"

"음…… 아뇨. 그냥 말 안 할래요. 말하면 진짜 짐이 될 것 같아서."

"그럼 그냥 보고나 하지?"

"제대로 잘 전달했어요."

"답변은?"

"쥐새끼는 알아서 잘 처리하겠다고 했어요."

"제갈도현에 대해서는?"

"주군과 같은 생각이라고 하네요. 확신이 없어서 처리하지 못하고 있다는, 대신 철저히 지켜보고 있으니 걱정하지 말랍니다. 조금이라도 이상한 징후가 느껴지면 즉시 처리할 거라네요."

"알았어. 수고했어."

"……."

"왜? 뭐 더 할 말 있나?"

"이건 정말 그냥 순수하게 제가 궁금해서 물어보는 건데, 혹시……?"

"무슨 말인데 천하의 대력귀답지 않게 이리 질질 끓어? 혹시 뭐?"

"……여자랑 잔 적 있나요?"

"이봐, 지금 내 나이가 대체 몇인 줄 알고 그런 걸 물어보는 거야? 내 나이 또래의 사내는 다들 색마까지는 아니라 해도 그 비슷한 수준까지는 정욕이 넘치는 법이라는 거 정말 몰라서 그래?"

"그런 식으로 에둘러 말하지 말고 대답해 봐요. 여자랑 잔 적 있어요, 없어요?"

"당연히 있지. 없으면 오히려 이상한 거 아닌가?"

"그렇군요. 알았어요."

대력귀가 적잖게 충격을 먹은 표정으로 서둘러 창문을 닫았다.

더는 아무 말도 듣고 싶지 않다는 태도로 보였다.

설무백은 잠시 무색해진 표정 그대로 닫힌 창문을 바라보다가 밑도 끝도 없이 불쑥 말했다.

"정말 그 아이가 그렇게나 나를 닮았어?"

창문이 벌컥 열리며 두 눈이 동그랗게 커져서 더욱 섬뜩한 모습으로 변해 버린 대력귀의 거꾸로 된 얼굴이 나타났다.

"그럼 역시……?"

설무백은 짐짓 매섭게 뜬 눈초리로 대력귀를 쏘아보며 따졌다.

"뭐가 역시?"

대력귀가 고개를 옆으로 돌리고 딴청을 부리는 것으로 대답을 회피하며 슬며시 손을 내밀어서 창문을 닫으려 했다.

설무백은 툭 한마디 던졌다.

"전에 내가 어쩌다 보니 모용초라는 발정난 개 한 마리를 처치했다는 애기해 줬었나?"

대력귀가 반쯤 닫은 창문을 더 닫지도, 더 열지도 못하며 대

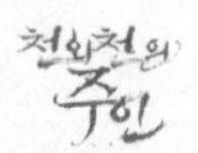

답했다.

"아니요. 직접 들은 건 아니고, 제갈 군사에게 얼핏 들은 것 같기는 하네요. 본의 아니게 누굴 도와주려다가 작은 사고가 벌어졌는데, 그 때문에 모용 아무개를 죽이게 됐고, 또 그 바람에 화의 채의 노릇을 하던 융사와 인연을 맺게 되었다고 말이에요."

"그게 어찌된 일이냐 하면……."

설무백은 과거 모용초와 얽혀서 본의 아니게 음약에 중독된 남궁유화와 잠자리를 하게 된 사연을 간단명료하게, 그러면서도 일말의 가감 없이 솔직하게 설명해 주었다.

그리고 말미에 덧붙여 말했다.

"사실 그래서 굳이 당신을 보낸 거야. 여자의 육감은 남자와 달리 좀 특별한 구석이 있다고 해서."

"주군답지 않네요. 당사자에게 직접 물어보면 되잖아요."

"물어봤더니, 아니라네."

"그럼 아닌가 보죠."

"성의 있게 좀 대답해 줄 수 없나?"

"하도 한심하니까 그렇죠."

"뭐가?"

"'뭐가?'라고 묻는 사람이요."

"나?"

설무백은 어리둥절해했다.

대력귀는 그런 설무백을 향해 한숨을 내쉬며 말했다.

"여자를 몰라도 정말 너무 모르네요. 여자가 아니라고 말하는 건 정말 아닌 게 아닌 경우가 허다해요. 특히 그런 문제는 더욱 그래요. 절대 인정하려 들지 않아요."

"왜?"

"왜긴 왜겠어요? 그게 여자의 자존심이니까 그렇죠!"

"음."

설무백은 도무지 알다가도 모르겠다는 표정으로 침음을 흘리다 잠시 뜸을 들이며 여유를 두고 물었다.

"그러니까, 그 아이가 내 아이가 분명하다?"

대력귀는 자못 냉정하게 대답했다.

"제게서 답을 얻으려 들지 마세요. 저는 그런 무거운 짐을 지고 싶지 않으니까. 저는 보고 느낀 것을 전할 뿐, 판단은 어디까지나 주군의 몫이에요."

"좋아, 그럼 아이를 보고 느낀 것을 말해 봐."

대력귀는 선뜻 대답하지 못하고 입을 다물었다.

본디 이런 식의 추상적인 질문이 더욱 대답하기가 어려운 법이었다.

한동안 뜸을 들인 그녀는 마지못해 대답했다.

"총기 어린 눈빛이었어요. 그녀와 대화를 나누는 내내 그녀의 뒤에 숨어서 제가 보고 느낀 건 그게 다예요."

"혈영은 나와 닮았다고 하더군. 당신이 보기에도 그래?"

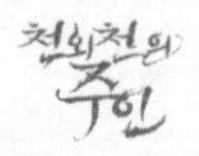

거꾸로 있던 대력귀의 미간이 살짝 일그러졌다.

여기서 혈영의 이름이 왜 나오는 것이냐는 표정이었다.

설무백은 그녀가 묻기 전에 먼저 말해 주었다.

"아, 그게 혈영이 무림맹의 동향을 살피고 있거든."

대력귀의 얼굴이 삐딱해졌다.

"그녀와 아이의 동향이 아니고요?"

설무백은 굳이 부정하지 않고 에둘러 말했다.

"겸사겸사."

대력귀는 그제야 뇌리를 스치는 것이 있었다.

"아, 그럼 아까 그게……!"

남궁유화의 거처에 도착했을 때 느낀 무언가 기묘한 느낌의 정체를 이제야 깨달을 수 있었다.

혈영이었다.

당시 혈영이 지근거리에서 은신한 채로 지켜보고 있었던 것이 분명했다.

"아까 그거라니?"

"아니에요. 그냥 혼잣말이에요."

대력귀는 언급을 회피했다.

굳이 내색할 일이 아니었다.

그저 혈영의 은신술이 어느새 그 정도 경지에 올랐다는 사실이 놀라워서 기분이 묘할 뿐이었다.

어째 뒤처졌다는 기분이 들었고, 그게 싫었다.

그녀도 어쩔 수 없는 무인인 것이다.

"그래서 대답은?"

설무백이 채근하고 있었다.

대력귀는 앞서 미처 닫지 못한 창문을 마저 닫으며 대답했다.

"닮았어요."

설무백은 더 묻지 않고 침묵했다.

사실 물어볼 틈도 없었다.

대력귀가 곧바로 사라졌기 때문이다.

"닮았다, 닮았다라……."

설무백은 한동안 대력귀의 대답을 조그맣게 반복해서 중얼거렸다.

남궁유화의 아이가 자신의 아들일 수도 있다는 사실이 도무지 현실의 느낌으로 다가오지 않았다.

이제 잠들기 어려웠다.

설무백은 일어나 앉아서 애써 마음을 가라앉히고 잡념을 지운 뒤 운기조식에 들어갔다.

여기 어디 위험한 구석이 있다고 그러는지 모르겠지만, 늘 그렇듯 고집스럽게 문밖에 쪼그리고 앉아서 잠을 청하는 공야무륵과 여기에서만이라도 편하게 자라는 그의 지시에 따라 좌측의 방에서 잠든 흑영과 백영의 고른 호흡이, 그리고 우측의 방에서 잠든 요미의 뒤척임이 느껴졌다.

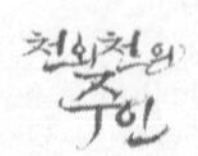

그가 대력귀와 대화를 나누는 내내 주변의 공간을 내력으로 차단한 까닭에 그들이 깨어나지 않은 것이다.

그런 그들의 기척이 한순간 선명하게 떠올랐다가 아련한 어둠 속으로 서서히 가라앉아서 흐릿하게 변했다.

주변의 모든 사물을 포착하고 있으면서도 의식하지는 않는, 하지만 그 어느 것 하나라도 움직이면 그 역시 바로 깨어나서 대응할 수 있는 그런 운기법이었다.

그렇게 얼마의 시간이 흘렀을까?

설무백은 아침이 밝을 때까지 기다렸다가 운기를 중단하고 깨어났다.

딱히 별다른 기척을 내지 않았음에도 그의 기상을 인지한 공야무륵이 깨어나 문을 열고 안으로 들어와서 문가에 시립했다.

"세면은?"

설무백의 눈총을 받은 공야무륵이 두 손바닥으로 얼굴을 한 차례 문지르고는 히죽 웃으며 대답했다.

"멀끔하죠?"

"지저분한 놈!"

설무백은 이미 한두 번 겪은 일이 아닌지라 짐짓 한마디 놀리고는 문가의 그를 밀치고 대청으로 나가서 세면을 했다.

본디 보통의 전각은 거의 다 측간은 물론, 세면을 할 수 있는 욕실도 밖에 마련되어 있으나, 흑점에서 그에게 마련해 준 별채는 조금 달랐다.

측간은 밖에서도 제법 멀리 떨어져 있지만, 간단하게 세면과 목욕을 할 수 있는 욕실은 일종의 거실인 대청의 한쪽에 마련되어 있었다.

설무백이 거기서 간단하게 세면을 끝내고 나왔을 때, 요미는 창가에 앉아서 보란 듯이 옷매무세를 매만지며 꽃단장이 한참이었고, 흑영과 백영도 이미 주변에 은신해 있었다.

설무백은 바로 밖으로 나섰다.

"담각에게 가 보자."

별채를 벗어나는데, 마침 수관사 방척과 파천상인이 저만치서 별채의 정원으로 들어서다가 그를 보며 반색했다.

"마침 나오시네요. 객청으로 가시죠. 식사를 차려 두었습니다."

"담각을 보러 가는 중입니다. 식사는 그다음에 하지요."

수관사 방척이 무색하고 무안해진 기색으로 황공하다는 듯이 넙죽 고개를 숙이며 대답했다.

"저기, 이제 그만 말을 놓으십시오. 아직도 그리 존대를 하시면 제가 정말 몸 둘 바를 모르게 됩니다. 강호의 서열은 절대 나이로 정해지는 것이 아니라는 사실을 잘 아시지 않습니까. 그러지 마십시오."

"뭐, 원한다면야 그래야지."

설무백은 어깨를 으쓱이며 대수롭지 않게 수긍했다.

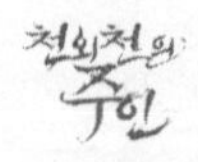

어려운 일이 아니었다.

굳이 따지고 보면 그보다 더 나이 많은 연배에게 평대를 하거나 하대를 하며 사는 사람도 드문 것이다.

"감사합니다."

방척이 기꺼운 표정으로 새삼 고개를 숙이고는 재우쳐 말했다.

"그리고 그쪽에도 식사를 보낼 겁니다. 그러니 먼저 식사부터 하시고 움직이시지요."

설무백은 잠시 숙고하다가 생각을 바꾸며 말했다.

"아니, 그럴 게 아니라, 그 친구들과 같이 식사하도록 하지. 그 친구들을 객청으로 불러 줘."

방척이 조금 당황했다.

"그, 그놈들과 함께요?"

설무백은 태연하게 반문했다.

"안 될 것 없잖아?"

"그렇긴 하지만……!"

방척이 말꼬리를 늘였다.

설무백은 반박의 여지를 주지 않았다.

"그럼 그렇게 해."

방척이 어쩔 수 없다는 듯 고개를 숙이며 수긍했다.

"알겠습니다."

그는 서둘러 자리를 뜨며 파천상인을 향해 말했다.

"놈들은 내가 데려올 테니까, 주군은 자네가 모셔."

파천상인이 이전과 달리 더 없이 정중하고 공손한 태도로 안내했다.

"가시죠."

설무백은 파천상인의 안내에 따라 객청으로 갔다.

방척의 말마따나 객청의 한쪽 탁자에는 식사가 차려져 있었다.

진수성찬까지는 아니지만, 각종 야채 요리와 더불어 육류와 해산물 요리까지 준비된 식탁이었다.

설무백은 곁에 앉기 싫어하는 공야무륵을 곁에 앉히고, 나서기 꺼려하는 흑영과 백영도 불러내서 자리에 앉혔다.

물론 요미는 애초에 그의 곁을 졸졸 따라와서 냉큼 그의 곁에 앉은 상태였다.

모두가 그렇듯 자리에 앉았을 때, 마치 사전에 약속을 한 것처럼 풍사와 철마립, 대력귀가 객청으로 나왔다.

그들의 안내자는 시퍼렇게 부어오른 동방관사 혈관음 여적이었는데, 설무백을 보자 대번에 허리를 새우처럼 접으며 인사했다.

"나오셨습니까, 주군!"

그리고 털썩 바닥에 주저앉았다.

옆구리를 부여잡은 그는 고통스러운 표정으로 식은땀을 뻘뻘 흘리고 있었다.

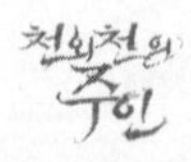

요미가 키득거렸다.

"절대안정 보름이라니까."

여적이 애써 벌떡 일어나서 시치미를 떼며 고개를 숙였다.

"아닙니다! 괜찮습니다!"

설무백은 짐짓 매서운 눈초리로 여적을 쏘아보며 말했다.

"가서 사나흘만이라도 쉬어! 이건 명령이다!"

"옙! 알겠습니다!"

여전히 부동자세로 대답하고 돌아서서 허겁지겁 장내를 떠났다.

그 모습을 보고 풍사가 웃었다.

"보기보다 귀여운 구석이 있는 친구네요."

"그러게."

설무백이 피식 따라 웃으면서 동의하는 참인데, 파천상인이 서너 명의 사내들을 불러서 서둘러 자리를 늘리고 음식을 더했다.

풍사가 그걸 보고 물었다.

"누가 더 오나요?"

마침 그때 설무백의 시선에 객청으로 들어서는 방척이 들어왔다.

"저기 오네."

방척의 뒤에는 흑점의 사자 두 명이 허수아비처럼 굳은 담각과 담영을 어깨에 짊어진 채 따라오고 있었다.

"재들은 왜……?"

풍사가 고개를 돌려서 담각과 담영을 보고는 어리둥절해했다.

"같이 식사를 하면서 대화를 나누면 조금 부드러울 것 같아서."

방척이 설무백의 말이 끝나기 무섭게 흑점의 사자들이 바닥에 내려놓은 담각과 담영을 가리키며 겸연쩍게 웃었다.

"그러려면 점혈을 풀어야 하는데, 저로서는 당최……!"

어제 설무백이 점해 놓은 마혈이었다.

방척의 능력으로 풀었다면 그게 오히려 이상한 일일 터였다.

설무백은 말없이 손을 내밀어서 사정을 모르고 눈만 멀뚱거리고 있는 담각과 담영을 가리켰다.

슈슛—!

미세한 소음이 울리며 설무백의 손가락을 떠난 기세가 담각과 담영의 혈도를 몇 군데 두드렸다.

풍사 등 풍잔의 식구들은 다들 그러려니 하는 표정이었으나, 방척과 파천상인 등은 다들 눈이 휘둥그레졌다.

그들로서는 거리를 둔 채 단지 손으로 쏘아 낸 기세만으로 점한 혈도를 푼다는 것은 가히 상상도 못하는 일이었기 때문이다.

차라리 지공을 사용해서 상대를 제압하거나 살해하는 것은

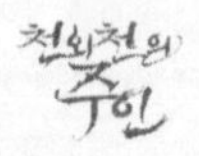

쉬웠다.

하지만 그 지공의 기세를 미세하고 정밀하게 조정해서 점혈한 혈도만을 풀어낸다는 것은 실로 차원이 다른 수법인 것이다.

그러나 그런 방척들과 달리 당사자들인 담각과 담영은 다른 무엇보다도 자신들의 처지가 더 당혹스러운 것 같았다.

갑작스럽게 풀려 버린 마혈로 인해 휘청 흔들렸다가 힘겹게 중심을 잡은 그들은 마냥 얼떨떨한 표정으로 설무백을 바라보고 있었다.

설무백은 아무렇지도 않게 그런 두 사람의 시선을 마주하며 맞은편에 비어 있는 자리를 가리켰다.

"앉아."

담영은 순순히 자리에 앉았다.

설무백을 바라보는 그의 눈빛에는 어제의 두려움이 여전히 잔존해 있었다.

그에 반해 담각은 자리에 앉지 않았다.

그는 불쾌하게 숙취가 가득한 눈빛으로 설무백을 노려보며 으르렁거렸다.

"대체 지금 뭐 하자는 개수작이지?"

설무백은 무심하게 담영을 일별한 시선으로 담각을 응시하며 일시지간에 싸늘해져서 쏘아붙였다.

"어제 얘기 못 들었냐? 내가 너희들을 찾아간 것은 네놈이

술이나 처마시고 있을 때 네놈의 수하가 자신의 목숨을 내주면서까지 너와 네 아비를 사지로 내몬 자들에게 복수를 하려 했기 때문이라고, 이 쓰레기 같은 새끼야!"

"큭큭……!"

담각이 어깨를 들썩이며 비릿하게 웃고는 이내 가소롭다는 눈빛으로 설무백을 쏘아보며 이를 갈았다.

"지랄하고 자빠졌네! 누가 누구에게 이용을 당하건 말건 내 아버지를 시해한 새끼는 엄연히 넌데, 지금 무슨 개소리를 지껄이는 거냐, 이 병신 새끼야!"

설무백은 특유의 메마른 미소를 입가에 드리우며 대꾸했다.

"쓸 만한 객기네. 그래서? 그렇게 객기 한번 부리고 그냥 여기서 내 손에 죽을래? 죽여 줄까?"

"……!"

담각이 부르르 진저리를 쳤다.

설무백의 말이 그냥 하는 말이 아님을 온몸으로 느낀 것이다.

설무백은 그런 담각의 시선을 그윽하게, 실로 그저 오싹하기만 할 뿐, 속을 알 수 없는 눈빛으로 마주하며 손바닥을 들어서 가볍게 탁자를 두드렸다.

"좋은 말로 할 때 들어. 너 하나 죽이는 거야 일도 아니다만, 소사 그 노인네에게 미안해서 그래. 내가 약속을 해서."

담각이 다리에 힘이 빠진 것처럼 스르르 자리에 앉았다.

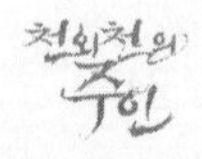

설무백은 수저를 들며 말했다.

"일단 식사부터 하자."

요미가 기다렸다는 듯 헤실헤실 웃으며 수저를 들고 이것저것 음식을 맛보며 식사를 시작했다.

다른 사람들도 수저를 들었다.

그러나 막상 제대로 식사를 하는 사람은 거의 없었다.

다들 이리저리 방황하는 수저로 깨작거렸다.

담각과 담영의 경우는 더했다.

마지못해 수저를 들었지만, 그대로 앉아서 눈치만 보고 있었다.

정작 설무백도 제대로 식사를 못했다.

같이 식사를 하면 보다 부드러운 분위기 속에서 대화를 나눌 수 있을 거라는 그의 기대는 단지 기대일 뿐, 현실과는 거리가 멀었다.

"젠장, 생각과는 다르네."

설무백은 한마디 투덜거리고는 수저를 탁 내려놓고 담각과 담영을 바라보며 예전처럼 단도직입적으로 말했다.

"그냥 각설하고 말할게. 내 생각에 너희들은 몰라도 너희들의 아비인 혈목사마 당황은 마교와 연결되어 있었어. 만일 그게 아니라면 적어도 마교에게 이용당한 것일 테고."

"그 무슨 말도 안 되는……!"

담각이 펄쩍 뛰었다.

설무백은 추상같이 쏘아붙였다.

"우선 들어! 듣고 나서 대답해!"

담각이 흠칫하며 조개처럼 입을 다물었다.

설무백의 눈빛에서 쏟아지는 엄청난 위압감은 감히 그가 마주 대할 수 없는 미지의 것이었다.

설무백이 다시 말했다.

"아무튼, 그래서 막말로 까놓고 묻는 건데, 너희들 복수할 생각이 있어, 없어?"

잠시 침묵이 흐른 뒤, 담각이 힘겹게 입술을 떼고 물었다.

"있다면?"

설무백은 무심하게 대답했다.

"지금 당장 풀어 준다. 조건은 오직 하나, 십전옥룡 구양일산의 배후에 누가 있는지만 밝혀내서 내게 알려 주면 돼."

담각이 잠시 뜸을 들였다가 물었다.

"없다면?"

설무백은 짧게 대답했다.

"죽어야지. 살려 둘 이유가 없으니까."

이건 정말 답을 알려 주고 던지는 질문과 같았다.

바보 멍청이가 아닌 다음에야 거절할 이유가 없는 제안이기 때문이다.

담각과 담영의 뇌리에 '이건 뭐지?'라는 식의 의문이 스쳤다.

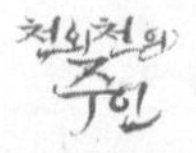

그러나 설무백의 태도는 어디까지나 진지했다.
그는 진지한 목소리로 물었다.
"할래, 말래?"

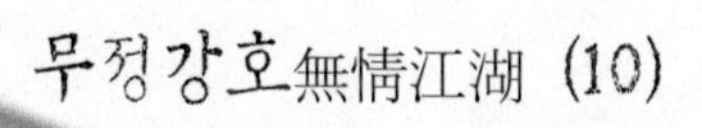
무정강호無情江湖 (10)

"그랬더니 뭐래?"

"뭐라고 하긴요? 몰라서 물으세요? 세상천지에 그걸 안 하겠다고 거절하는 바보 천치가 어디에 있겠습니까? 당장에 죽느냐 사느냐가 결정되는 판인데, 바로 하겠다고 하더군요. 신나서 춤을 추고 싶은 걸 억지로 참았다는 데에 제가 가진 전 재산을 걸 수 있습니다."

"네가 무슨 재산이 있어서?"

"예민하시긴, 이를 테면 그렇다는 거지요. 말이 그렇지 뜻이 그런가요. 아무튼, 그렇게 얘기가 끝났고, 그 녀석들을 풀어 줬습니다."

"녀석들을 벌써 풀어 줬다고?"

"예, 풀어 줬습니다. 녀석들이 하겠다고 하니까 칼같이 바로 보내 주시더라고요."

"근데, 왜 너 혼자 왔어?"

"예? 저 혼자 오면 안 되는 건가요?"

"아니, 그게 아니라 사제는, 그러니까, 우리 흑점의 주인께서는 왜 같이 오지 않았냐고. 그 애들도 이미 보냈다며? 그런데, 왜 같이 안 오고 너 혼자 온 거야?"

"아, 그 얘기셨어요. 그야 주군도 가셨으니까 저 혼자서 왔죠."

"주군이 가다니? 주군이 가긴 어딜 가?"

"무안요. 원래 거기로 가는 중에 잠시 여길 들른 거라고 하시던데요?"

"언제 갔는데?"

"조금 전에요. 저보고 대신 노야들께 인사를 전해 달라고 하시며……!"

"이런……!"

야제는 수관사 방척의 말을 더 듣지 않고 부리나케 밖으로 내달렸다.

그는 아직 설무백에게 못다 한 얘기가 남아 있었던 것이다.

그러나 이미 늦었다.

그는 영내를 벗어난 주변 그 어디에서도 설무백의 모습은커녕 종적조차 발견할 수 없었다.

그럴 수밖에 없었다.

설무백은 서두를 필요가 있었고, 그를 포함한 일행 모두의 경신술은 야제가 생각하는 이상의 경지였기 때문이다.

* * *

"근데, 대체 왜 이렇게 서두르는 겁니까?"

정주부를 벗어나는 시점이었다.

암중에서 설무백의 뒤를 따르고 있는 백영이 드러낸 의문이었다.

이런 식으로 당돌하게 따지고 드는 것을 보면 백가환의 자아일 것이다.

설무백은 잔잔한 달빛 아래 암록의 물결로 변해서 빠르게 스쳐 지나가는 발밑의 대지를 관조하며 무심하게 대답했다.

"그야 서두르지 않을 수 없어서지."

백영이 말꼬리를 잡았다.

"왜 서두르지 않을 수 없는 거죠?"

설무백은 짧게 반문했다.

"몰라서 물어?"

"몰라서 묻는 건데요."

"정말 몰라?"

"정말 모르는데요."

설무백의 두 번째 질문은 백가환의 자아가 아니라 백가인의 자아에게 던지는 질문이었다.

그런데 백가인의 자아는 침묵하고, 백가환의 자아가 눈치 없이 대답을 가로챘다.

백가인의 자아도 모르고 있다는 방증이었다.

그렇다면 공야무륵 등도 모르고 있을 가능성이 높았다.

이유는 모르지만 그가 하니까 그냥 따르고 있는 것이다.

설무백은 경신술을 멈추었다.

"그럼 서두르지 말아 볼까?"

"에구……!"

백영이 바로 서지 못하고 저만치 가다가 멈추었다.

공야무륵과 요미, 흑영도 마찬가지였다.

설무백이 갑작스럽게 서기도 했지만, 다들 그와 보조를 맞추기 위해서 거의 전력을 다하는 수준의 경신술을 발휘하는 중이었기 때문에 곧바로 제어하기가 쉽지 않았던 것이다.

"잠시만 서두르지 말아 보자."

설무백은 급작스럽게 서서 멀뚱거리며 돌아보는 그들의 곁을 느긋한 발걸음으로 지나치며 재우쳐 물었다.

"괜찮지?"

괜찮지 않을 이유는 없었다.

백영만이 아니라 그들, 모두의 생각이 그랬다.

그래서 그들은 묵묵히 고개를 끄덕임으로써 수긍하며 설무

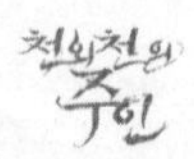

백의 뒤를 따랐다.

다들 애써 내색을 삼가고 있었으나, 흑점을 나선 지 불과 반시진 만에 정주부를 벗어나고도 오백여 리나 더 달려온 그들이었다.

설무백과 달리 그들은 땀을 흘리며 거친 호흡을 몰아쉴 정도로 지친 상태였다.

그런데 그때였다.

"어이, 거기 백발귀신!"

산허리를 돌아가는 관도의 측면이었다.

수풀로 뒤덮인 비탈길에서 폴짝 뛰어내린 사내 하나가 누런 이를 드러내며 설무백을 손짓해 부르고 있었다.

"그래 너 말이야, 너. 너, 잠깐 이리 좀 와 볼래?"

사내는 건장한 체격과 흉악한 인상을 자랑했다.

소위 이마에 '나 알고 보면 정말 무서운 놈이야'라고 써 붙여 놓은 인상인 것이다.

설령 그게 아니더라도 사내가 어깨에 척 걸치고 있는 거치도의 흉악한 모습과 그 뒤를 따르는 예닐곱 명의 사내들이 모든 것을 말해 주고 있었다.

다들 아무렇게나 차려입은 복장에 험상궂게 보이려고 노력이라도 한 것처럼 거친 용모, 사납게 치켜뜬 눈을 하고 있었기 때문이다.

떼강도들인 것이다.

설무백은 대답 대신 의미심장한 눈빛으로 백영을 쳐다보았다.

정확히는 백영이 은신한 방향을 바라본 것이다.

"아……!"

백영이 그제야 깨달은 듯 나직한 탄성을 흘렸다.

거치도의 사내가 쌍심지를 곧추세웠다.

그의 눈에는 백영 등이 보이지 않기에 그저 설무백이 딴청을 부리는 것으로 보이는 것이다.

"아니, 이것이 감히 누구 앞에서 겁 없이 꾸물대고 있어! 네가 정말 죽고 싶어서 환장을…… 어? 커억!"

한층 더 흉흉하게 변한 얼굴로 버럭 고함을 내지르던 거치도의 사내가 대번에 비명을 내지르며 저 멀리 날아갔다.

그 뒤로 그의 뒤에 서 있다가 기겁하는 예닐곱 명의 사내들도 차례차례 하나같이 비명을 내지르며 저 멀리 날아가서 바닥에 처박혔다.

부리나케 나선 백영의 솜씨였다.

그리고 다시 부리나케 설무백의 곁으로 돌아온 백영이 말했다.

"어서 서둘러 가죠?"

설무백은 픽 웃으며 다시금 경신술을 발휘해서 속도를 냈다.

이번에는 앞서보다 더욱 빠른 속도였는데, 그래도 백영은 말할 것도 없고, 다른 누구도 전혀 구시렁거리지 않았다.

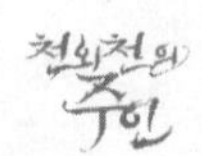

또다시 그랬다가는 설무백이 새삼 몽니를 부려서 속도가 더 빨라질 수도 있다는 두려움이 그들의 입을 막고 있었다.

하지만 그건 그들의 오해였다.

설무백이 더 속도를 내서 이동하는 것은 몽니를 부리는 것이 아니라 실로 순수한 마음의 발호였다.

정확히는 무인의 마음이었다.

설무백은 단순히 방금 전 떼강도를 만난 것처럼 혼란해진 세상을 한 수 거들고 있는 자들의 시비를 피하려는 것만이 아니라, 수련의 일환으로 생각했기 때문이다.

수련은 한계까지 몰아붙이지 않으면 더 나은 발전을 기대하기 어렵다는 것이 그의 지론이었다.

그래서였다.

설무백은 무한에 도착하기 전까지는 절대 멈추지 않겠다고 작심했다.

그러나 아쉽게도 그럴 수가 없게 되었다.

예상치 못한 장소에서 예기치 못하게 싸움과 마주쳤기 때문이다.

수백이 넘는 기마대와 천여 명이 넘는 병력이 대치한 대규모 전투였다.

정주부를 등지고 북향한 지 하루반나절 만에 하남성의 성 경계를 넘어 호북성으로 들어섰고, 다시 두 나절을 달려서 도착한 호북성 중남부의 작은 도시 한천부(漢川府)의 서쪽 외각이었다.

처음 발견한 것은 숲이 우거진 산지의 이곳저곳에서 산발적으로 벌어지는 싸움이었다.

적게는 대여섯 명이고, 많게는 수십 명이 한 대 뒤엉켜서 벌이는 싸움이었는데, 과거 광풍대를 이끌고 싸우며 습득한 설무백의 안목으로 봤을 때, 두 세력의 선발대와 매복의 격전이었다.

설무백은 속도를 줄이다가 이내 멈췄으나, 그들의 싸움에 휩쓸리지 않고 전진했고, 혹시나 하는 예상대로 대치하고 있던 두 세력의 본대와 마주쳤다.

눈부신 태양이 내리쬐는 정오 무렵이었다.

산이라 부르기에는 너무 작고, 구릉이라 부르기에는 너무 큰 둔덕이 휘감은 장소에서 두 세력이 대치하고 있었다.

두 세력의 거리는 대략 오십여 장이고, 각기 백여 기의 기마대가 선두였다.

전쟁터에 나선 정식 군대처럼 전원이 창으로 무장하거나, 방패나 투구, 갑옷도 갖추지 않고 그저 담백한 무복에 바람막이 정도나 걸친 채 장검이나 장도로 무장한 기마대였다.

얼핏 보면 마적 떼인가 싶을 정도로 허술하게 보이지만, 실제는 그렇지가 않았다.

저마다 살기 충만한 눈빛과 그에 준하는 기세를 발하고 있어서 삼엄함은 실로 정식 군대와 비할 바가 아니게 드높은 모습이

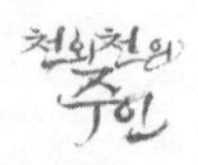

었다.

그리고 그런 기마대 뒤에는 얼추 천여 명을 헤아리는 인원이 대기하고 있었다.

상대적으로 한쪽 인원이 조금 적은 듯 보이기도 했지만, 그 차이는 그다지 크지 않았다.

얼핏 눈으로 보기에는 비등하다는 느낌이 드는 정도의 차이에 불과했다.

그러나 설무백은 그들, 두 세력의 대치가 현격하게 한쪽으로 기울어져 있음을 어렵지 않게 간파할 수 있었다.

돌이켜 보면 오면서 그가 마주친 싸움의 대부분이 그랬다.

한쪽이 거의 일방적으로 당하는 형국이었다.

이유가 있었다.

한쪽은 퇴로를 찾는 자들이었고, 다른 한쪽은 마치 사전에 그것을 예상한 듯 매복을 하고 있었기 때문이다.

게다가 다른 사람은 몰라도 설무백은 알 수 있었다.

지금 대치한 세력 중 한쪽은 퇴로가 없었다.

그들이 물러서야 할 퇴로에 다수의 적이 매복하고 있었기 때문이다.

지금 설무백은 두 세력이 대치한 장소와 무려 백여 장이나 떨어진 측면의 능선에 있지만, 대지를 감싸고 흐르는 살기의 흐름을 예민하게 느끼는 까닭에 그와 같은 사실을 정확히 파악할 수 있었다.

설무백은 쓰게 입맛을 다시며 투덜거렸다.

"그러게, 수적이 왜 산으로 와?"

그랬다.

설무백은 이미 구릉지대 속에 자리한 공간에서 대치하고 있는 두 세력의 정체를 파악한 상태였다.

기세등등한 한쪽은 천사교의 무리였고, 사방으로 퇴로를 모색하는 중인 다른 한쪽은 바로 장강의 수적들이었다.

자세한 내막은 모르겠으나, 장강의 수적들이 장강을 벗어나서 천사교의 무리와 대치하고 있는 것이다.

다만 정상적인 대치가 아니었다.

지금 그들이 대치한 장사는 구릉지대로 둘러싸여서 거대한 호리병처럼 생긴 타원형의 공간이었는데, 장강의 수적들은 안에 들어선 상태로 절벽처럼 가파른 비탈을 등지고 있었고, 천사교의 무리는 입구를 틀어막고 있었다.

전후사정은 모르겠으나, 장강의 수적들이 막다른 길목에 가두어진 형세였다.

"수적들을 불러내서 이런 함정에 빠트릴 정도면 미끼가 상당했겠는걸요?"

"그렇겠네."

"근데, 어째서 하백의 모습이 보이지 않는 거죠?"

"낸들 아나. 자기는 산에 오기 싫었나 보지."

사실을 말하자면 설무백도 그게 궁금했다.

지금 장강의 수적들 사이에는 하백의 모습이 보이지 않았다.

지금 선두에서 장강의 수적들을 이끄는 것은 하백의 최측근인 장강칠옹의 두 사람, 무풍마간 백천승과 사수교룡(死手蛟龍) 임정(林晶)이었다.

공야무륵이 잠시 머뭇거리는 기색이다가 말했다.

"도와줘야 하지 않을까요?"

설무백은 이채로운 눈빛으로 공야무륵을 바라보았다.

누군가를 도우려고 하는 공야무륵의 모습은 낯설 정도로 의외였다.

공야무륵이 딴청을 부리며 변명했다.

"통하는 구석이 있는 노인네더군요. 일전에 술 한잔 얻어 마신 적도 있고 해서……."

설무백은 고개를 저었다.

"일단 좀 두고 보자고."

냉정한 판단일 수 있으나, 어쩔 수 없었다.

장강의 무리를 이끌고 있는 백천승은 그로서도 반가운 사람이지만, 무작정 나서서 도울 수는 없었다.

백천승이 그런 걸 원하는 인물도 아닐 뿐더러, 작금의 상황은 천사교의 전력을 확인해 볼 수 있는 절호의 기회인지라 놓치고 싶지 않았다.

그때 두 세력의 대치 국면에 변화의 조짐이 일어났다.

장강의 선두로 나서 있는 기마대에서도 선두인 마상에 앉아 있던 백천승이 박차를 가해서 앞으로 나서며 소리쳤다.

"어이, 거기 사이비들! 지겹지도 않냐? 대체 언제까지 그리 눈치나 살피고 있을 거야?"

대답은 없었다.

그러나 백천승은 그에 아랑곳하지 않고 그들, 두 세력 사이의 공터를 오락가락하며 계속 말했다.

"우리가 어디 다른 길로 빠져나가길 기대하는 모양인데, 그만 포기해라! 애들 보내서 다 확인해 봤어! 사방이 매복인데 우리가 미쳤다고 그러겠냐! 우리 그냥 여기서 싸울 거야! 그래야 하나라도 더 죽이지!"

그는 보란 듯이 낄낄거리며 웃다가 대뜸 적진을 향해 감자바위를 먹이고는 다시 외쳤다.

"그러니까, 그냥 이거나 먹고 떨어지고, 어디 한번 누구 하나 나서 봐라! 대체 실력이 어느 정도인지 맛 좀 보게!"

백천승과 통하는 구석이 있다는 공야무륵의 말은 진심으로 보였다.

설무백에 관한 것이 아니라면 그 무엇에도 관심을 보인 적이 드물었던 그가 민감하게 반응하며 백천승을 걱정했다.

"노인네 뼈마디가 시릴 나인데 몸 좀 사리지 왜 저래?"

설무백은 은근슬쩍 공야무륵을 달래듯이 말했다.

"고전적인 방법이긴 하지만, 나쁘지 않네. 다들 의기소침한 상태일 테니, 사기 진작이 필요할 테지. 일대일 대결을 승리하

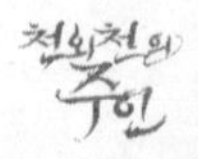

면 사기가 오른다는 것은 진리니까."

"저쪽도 그걸 알 테니, 굳이 받아들이지는……?"

공야무륵은 말을 하다 천사교의 진영을 바라보고는 말을 바꾸었다.

"받아들이네요?"

천사교의 진영에서 준마로 보이는 백마 한 마리가 나서고 있었다.

일장에 달하는 장창을 옆구리에 낀 중년의 사내가 타고 있었다.

"이길 자신이 있는 모양이지."

"십이신군일까요?"

"그렇게 보이진 않네."

"그럼 뭐……."

"백팔사도는 약해서?"

"아니, 그건 아니지만, 백팔사도라면 백 노인을 넘어서기 어렵죠."

"백팔사도의 중하위권이라면 그렇지만, 상위권이라면 얘기가 달라지지 않을까?"

"……!"

공야무륵의 안색이 변했다.

하여간 자신의 감정은 절대 속이지 못하는 부류의 사람이었다.

설무백은 픽 웃으며 말했다.

"걱정 마, 말이 그렇다는 거지. 저기 저 녀석이 백팔사도의 상위권이라는 얘기는 아니니까."

"아, 예……."

공야무륵이 안심하는 얼굴로 멋쩍어하며 손을 들어 뒷머리를 긁었다.

그때 두 세력이 대치하고 있는 사이의 공터로 나선 두 사람이 잠시 서로를 마주보다가 불현듯 누가 먼저랄 것도 없이 동시에 박차를 가하는 것으로 싸움을 시작했다.

두두두두—!

천사교에서 나선 자는 건장한 체구에 가늘고 길게 찢어진 실눈에서 잔인한 구석이 엿보이는 중년의 사내였다.

일장에 달하는 장창을 겨드랑이에 끼워 잡고 앞으로 뻗어낸 그는 반대쪽 팔뚝에는 작은 원형의 방패를 차서 자유로운 손으로 고삐를 잡은 채로 질주하고 있었다.

반면에 아무것도 없는 왼손으로 고삐를 잡고 있는 백천승의 오른 손에는 말이 달리는 속도에도 제대로 버티지 못하고 뒤로 크게 휘어진 기다란 대나무 하나가, 바로 무풍마간이 들려 있었다.

삽시간에 가까워진 그들이 격돌했다.

정확히는 한 뼘도 안 되는 거리를 두고 스쳐 지나가며 공방을 주고받고 있었다.

쐐액-!

우선 실눈의 중년인이 뻗어 낸 창창은 백천승에게 닿지 않았다.

아지랑이처럼 이글거리는 막강한 기세가 담긴 그의 창극은 닿기도 전에 먼저 백천승의 가슴 옷깃을 찢어발겨 버리는 위력을 발휘했지만, 정작 백천승에게 상처를 입히지는 못했다.

백천승이 찰나지간에 마상에서 뒤로 누워 버리는 것으로 창극을 피해 냈기 때문인데, 그와 동시에 반격이 가해졌다.

백천승의 몸은 마상에서 뒤로 누웠지만, 그의 손에 들린 무풍마간은 오히려 측면을 통해서 크게 휘둘러지며 전면으로 향해서 곁을 스쳐 가는 실눈 사내의 옆구리를 강타하고 있었다.

팡-!

팽팽하게 당겨진 가죽 북이 터져 나가는 울렸다.

"크으……!"

실눈의 사내가 억눌린 신음을 흘리며 마상에서 떨어져서 바닥을 굴렀다.

주인을 잃은 백마가 멈추지 않고 내달리다가 적진에 막혀서 앞발을 높이 쳐드는 가운데, 반사적으로 일어난 실눈의 사내가 왼손 팔뚝에 차고 있던 원형의 방패를 내던졌다.

취리리릭-!

원형의 방패는 단순한 방패가 아니었다.

어떤 장치가 되어 있는 것인지는 모르겠으나, 그의 손을 떠난 원형의 방패가 톱날의 서슬을 드러내며 톱니바퀴로 변해 버렸다.

백천승은 그제야 고삐를 당겨서 말머리를 돌리다가 자신을 향해 쇄도하는 그 톱니바퀴를, 바로 기문병기인 륜(輪)을 보았지만, 다행히 늦지 않게 반응했다.

그는 마상에서 그대로 솟구쳐서 공중으로 떠올랐다.

휘웅—!

톱니바퀴가 간발의 차이로 백천승의 발밑을 스치고 지나갔다.

대신에 말머리가 잘려 나가서 말이 고꾸라졌다.

백천승이 그 순간에 해를 등지며 톱니바퀴를 날린 실눈의 사내를 향해 수중의 무풍마간을 휘둘렀다.

휘리릭—!

예리한 하나의 파공성이 하나의 머리통과 교환되었다.

백천승의 손에서 휘둘러진 무풍마간은 실눈 사내에게 닿지 않았으나, 거기 달린 은사가 큰 원을 그리며 돌아서 실눈 사내의 목을 휘감고 끊어 버린 것이다.

핏물이 튀고, 잘려진 머리가 바닥으로 떨어졌다.

바닥을 구르는 실눈 사내의 머리는 당최 영문을 모르는 눈빛으로 부릅떠져 있었다.

백천승이 그 순간에 바닥으로 내려서며 핏물이 뚝뚝 떨어지는 실눈 사내의 머리를 잡아 아군 진영을 향해 높이 쳐들어 보

였다.

"와아아……!"

사기충천, 장강의 수적들이 우레와 같은 함성을 내질렀다.

앞서 더 없이 비장한 모습이던 그들의 얼굴에 불꽃보다 더 뜨거운 열기의 화색이 돌고 있었다.

천사교의 진영에서 그 꼴이 보기 싫었던 것 같았다.

아니, 어쩌면 실눈 사내의 죽음에 발끈해서인지도 모른다.

선두에 있던 기마대 중 십여 기가 박차를 가해서 뛰쳐나왔다.

두두두두―!

백천승이 돌아서서 그 모습을 보고는 마치 그러기를 기다리고 있었다는 듯 씩 웃었다.

때를 같이해서 장강 진영의 선두를 차지하고 있던 기마대의 일부도 박차를 가해서 뛰쳐나갔다.

말발굽 소리가 지축을 울렸다.

졸지에 백천승을 가운데 두고 양측 진영에서 뛰쳐나온 수십 기의 기마대가 충돌하기 직전이었다.

공야무륵이 그 광경에 당황한 듯 마른침을 삼키며 슬쩍 설무백을 보았다.

말을 못할 뿐, 적잖게 걱정스러운 눈빛이었다.

설무백은 대수롭지 않게 말했다.

"저 정도에 당할 노인네는 아니야."

공야무륵이 못내 초초한 기색을 감추지 못하며 전장으로 시선을 돌렸다.

설무백의 말이 아니었으면 뛰쳐나가도 열 번은 더 뛰쳐나갔을 기색이요, 태도였다.

마침 그때 백천승이 손에 들고 있던 실눈 사내의 머리를 쇄도하는 천사교의 기마대를 향해 던졌다.

쇄도하던 천하교의 기마대 중 한 기가 고꾸라지고, 그 여파로 옆에서 달리던 두 기의 기마도 같이 바닥에 처박혔다.

세 기의 기마가 뒤엉켜서 요란하게 바닥에 처박히며 파편이 튀고 흙먼지가 날리는 가운데, 순간 기마대의 대열이 흐트러졌다.

급속도로 가까워진 양측의 기마대가 그 순간에 격돌했다.

쾅! 채챙! 콰직–! 우당탕–!

연이은 충돌이 이어지며 아수라장이 연출되었다.

저마다 무지막지한 속도로 달려들면서도 고삐를 당겨서 말머리를 돌리거나 멈추려고 하는 사람은 하나도 없었다.

다들 달리는 속도 그대로 적과 마주치거나 간발의 차이로 스쳐 지나가며 공격과 방어를 주고받았다.

성질 급한 서넛은 마상에서 뛰어올라 허공에서 격돌하고 있었다.

다들 그저 말에 기대서 창칼을 휘두르는 하수들이 아니라 상당한 경지의 무력을 갖춘 고수들인 것이다.

"으악!"

"크아악!"

말들이 자빠지며 버둥거리는 가운데, 단말마의 비명이 꼬리를 물고 이어졌다.

와중에 목이 떨어지는 사람, 상대의 공격을 막다 힘에서 밀리는 바람에 중심을 잃고 마상에서 떨어지는 사람도 속출했다.

실로 막상막하의 격돌이었다.

그러나 순식간에 판세가 장강의 사내들 쪽으로 기울어졌다.

앞서 일대일 대결에서 승리한 백천승이 존재감을 드러냈기 때문이다.

휘리릭-!

백천승은 순간적인 격돌의 여파로 한바탕 흔들린 전장에서 양떼에 뛰어든 한 마리의 야수처럼 활약했다.

그가 말과 말, 사람과 사람이 뒤엉킨 사이를 빠르게 누비며 수중의 무풍마간을 휘두를 때마다 여지없이 적의 목이 베어지거나 몸통이 잘려 나갔다.

말과 함께 몸이 베어져서 바닥을 구르는 자도 있었다.

피가 튀고 살점이 난무했다.

주인을 잃고 살아남은 말들이 울부짖으며 사방으로 뛰쳐나갔다.

그리고 이내 들어난 전장에는 십여 기의 기마대와 십여 명의 사내들을 거느린 백천승이 남았다.

천사교의 기마대만 전멸한 것이다.

"우와아아……!"

장강의 진영에서 재차 우레와 같은 환호성이 터졌다.

백천승이 두 손을 높이 들어서 그에 호응하고는 이내 천사교의 진형을 향해 돌아서며 포효하듯 불끈 움켜쥔 두 주먹을 높이 쳐들었다.

다시금 도발이었다.

비스듬한 언덕을 끼고 있어서 무풍마간 백천승의 포효를 한눈에 바라볼 수 있는 천사교의 진영 후미에서는 두 노인이 대화를 나누고 있었다.

"저렇게 도발하는데도 참아야 하나?"

미간이 푹 꺼지고 가늘게 찢어진 눈가 밋밋한 하관으로 인해 왠지 모르게 서늘한 느낌을 주는 인상인 회색 피풍의(披風衣)의 노인이 전장의 백천승을 노려보며 투덜거리자, 작은 체구인데다가 짙은 일자 눈썹에 작은 눈, 작은 코, 작으면서도 뾰족하게 튀어나온 입술이라 너구리상인 검은색 비단장포의 노인이 급히 굽실거리며 대답했다.

"참으시오. 쥐도 빠져나갈 구멍을 만들어 놓고 몰아야 한다질 않소이까. 아무리 하찮은 것도 빠져나갈 구멍도 없이 계속 몰아붙이면 무는 법이외다. 아시다시피 사방이 매복이니 저들이 빠져나갈 구멍은 우리가 지키고 있는 여기 말고는 없소. 가만히 자리만 지키고 있으면 제풀에 나가떨어질 텐데, 왜 굳이

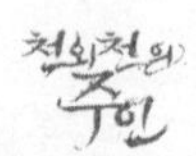

손해를 감수하며 나설 것이오."

회색 피풍의를 걸친 가는 눈매의 노인, 바로 작금의 세간에서 호풍환우와 천번지복의 술법을 가진 천사교의 방술사들로 알려져 있으며, 실제로 천사교에서 천사교주의 최측근인 십이신군의 하나인 백사신군(白巳神君)은 곱지 않게 일그러진 눈가로 너구리상의 흑포노인을 쏘아보았다.

기실 너구리상의 흑포노인은 전대의 마도 고수인 마애혈사(魔崖血士)이라는 자로, 그의 유일한 상관인 천사교주가 중원에서 포섭한 팔대식객 중 하나인지라 그와는 서로 상하를 논할 수 없는 관계였다.

하지만 굳이 따지자면 그는 전사교의 직계인 셈이고, 상대는 고작 방계에 지나지 않았다.

화를 참을 이유가 없는 것이다.

"내가 그걸 몰라서 그러나? 미끼를 물고 그물로 들어선 놈들을 마냥 지켜보고 있자니 답답해서 그러지!"

마애혈사가 어디까지나 냉정하게 지적하며 조목조목 따지고 들었다.

"그래서 신군의 허락을 받고 나선 수하들을 보시오. 제대로 힘 한 번 써 보지 못하고 전멸이오. 두 명의 초혼사자와 네 명의 호교사자, 그리고 삼십여 명의 호교차사를 잃은 건 결코 가볍게 치부할 수 없는 손해라고 보는데, 신군께선 그렇게 생각하지 않소?"

백사신군은 '이것 봐라?'하는 눈빛으로 마애혈사를 쳐다보며 반문했다.

"설마 그거 협박이오?"

마애혈사가 사람 좋아 보이는 미소를 흘리며 손사래를 쳤다.

"무슨 그런 말씀을 다하시오. 협박이라니 천부당만부당이오. 일개 식객에 불과한 내가 어찌 교주님의 수족인 신군을 겁박할 수 있겠소. 다만 본인은 쓸데없이 전력을 낭비하지 마시라고 조언하는 것뿐이오. 그게 이번에 신군을 보좌하라는 교주님의 뜻이 아닌가 싶어서 말이오."

그는 재우쳐 웃는 낯으로 타이르듯 말을 덧붙였다.

"쓸데없이 자극하지 말고 그냥 지켜봅시다. 저러다가 별 수 없이 머지않아 제풀에 나가떨어져서 후퇴하거나 돌파를 감행할 것이오. 괜히 힘 빼지 말고 그때 처리하면 간단하오."

백사신군은 이제야 충분히 수긍하고 납득했다는 표정으로 고개를 끄덕이며 한마디 거들 듯이 말했다.

"슬슬 물러나는 것으로 유인하면서 말이지?"

"그렇소. 바로 그거요."

마애혈사가 반색하며 잘라 말했다.

"저들이 나설 때 우리는 먼저 후미를 치고, 저들이 그에 대응하느라 늦어진 사이에 물러나서 기다리면 되는 거요. 좁은 입구를 통해서 빠져나오는 생쥐들을 때려잡는 거야 일도 아니질 않겠소."

“하면, 미끼로 내준 비취무녀상(翡翠舞女像)은 어떻게 회수하지?”

백사신군의 질문을 들은 마애혈사가 하하 웃고는 대답했다.

“그 까짓 거야 회수 못하면 또 어떻소이까.”

“그 까짓…… 거라고?”

“생각해 보십시오. 그 물건이 진귀한 청비취(青翡翠)의 진수로 만들어져서 몸에 지니고 있으면 백독(百毒)이 불침(不侵)하는 까닭에 비단 값을 떠나서 무림인들이 혈안이 되도록 탐을 내는 무가지보(無價之寶)이긴 하나, 그게 어디 장강의 거의 절반에 해당하는 무력과 비교할 바 있겠습니까. 세상에 공짜가 없는 법이니, 저들의 목숨과 바꾸는 셈 치시지요. 하하하……!”

백사신군이 하하 따라 웃었다.

그러다가 아무런 사전 동작도 없이 불쑥 손을 내밀어서 마애혈사의 가슴을 쳤다.

정확히는 찔렀다.

푹-!

섬뜩한 소음과 함께 백사신군의 손이 마치 두부 속에 칼이 파고들 듯 부드럽게 마애혈사의 가슴을 파고 들어갔다.

전대의 거마로 알려진 마애혈사가 뻔히 눈으로 보면서도 피할 수 없었을 정도로 빠르고 예리한 손 속이었다.

“……?”

마애혈사가 고개를 숙여서 자신의 가슴을 파고든 손을 보고 다시 고개를 들어서 백사신군을 바라보았다.

너무나 어처구니가 없어서 말조차 할 수 없는 표정이었다.

백사신군이 히죽 웃으며 말했다.

"패왕수(霸王手)라는 거야. 대왜적으로는 알려지지 않았지만, 과거 우리가 멸문시킨 세외문파인 패왕문(霸王門)의 절기인데, 오래전부터 천하십대권법의 하나로 꼽히는 극강의 외가기공이지."

마애혈사의 의문이 그제야 입 밖으로 흘러나왔다.

"……아니, 왜……?"

백사신군이 밝게 웃는 낯으로 말했다.

"너무 말이 많아. 그리고 이것저것 잘난 척은 많이 하는데, 정작 중요한 건 또 몰라."

마애혈사가 힘겹게 입을 벙긋거렸다.

말을 하고 싶은데 말이 나오지 않는 것이다.

그의 입에서는 말 대신 검붉은 핏물이 흘러나오고 있었다.

백사신군이 그런 그를 보며 알았다는 듯 고개를 끄덕이면서 다시 말했다.

"뭘 모르냐고? 이번 일에 미끼로 쓴 미취무녀상이 실은 내가 꿈에도 그리던 물건이라서 말이야. 왜냐고? 그게 다라십삼경의 전설이 맺힌 기물이거든. 그런데 내 앞에서 그걸 두고 그따위라고 하면 내 입장이 뭐가 되나?"

마애혈사는 더 이상 대답할 수 없었다.

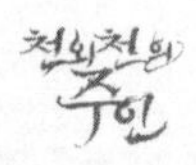

대답은커녕 이제 더는 입도 벙긋할 수가 없는 상태였다.

백짓장처럼 창백한 얼굴 아래 힘없이 벌어진 그의 입에서는 연신 핏물만 흘러나오고 있었다.

백사신군이 그런 그를 아무렇지 않게 바라보며 이어서 말했다.

"결론적으로 말해서 강호사에 밝고 병법에 능하다고 해서 교주가 내게 붙여 준 너는 실상 하백이라는 수적나부랭이보다도 더 아는 게 없다는 거야. 하백이라는 녀석이 이 시기에 저 많은 병력을 왜 보냈겠냐? 당연히 나처럼 그걸 아니까 보낸 거지. 그래서 너는……!"

그는 마애혈사의 가슴에 박혀 있던 손을 순간적으로 빼내며 말을 끝맺었다.

"죽어도 싼 거야. 있으나 마나한 존재니까. 알았지?"

마애혈사의 신형이 스르르 주저앉다가 앞으로 고꾸라졌다.

그는 백사신군의 마지막 말이 끝나기도 전에 이미 죽어 있었다.

백사신군은 잠시 자신의 손에 묻은 마애혈사의 피를 기분 나쁜 표정으로 바라보다 옷깃에 쓱쓱 문지르며 앞으로 나섰다.

그의 주변에는 어느새 검은색 피풍의를 걸친 일단의 사내들이 다가와서 고개를 숙이고 있었다.

그의 측근인 백발사도의 여덟이었다.

그는 씩 웃으며 그들을 향해 명령했다.

"구차하게 뭘 기다리고 자시고 하냐. 그냥 쳐서 없애자."

"옙!"

여덟 명의 백팔사도가 일제히 공수하며 한 사람처럼 동시에 대답하고는 바람처럼 주변으로 흩어졌다.

동시에 누군가의 외침이 장내를 가로질렀다.

"선봉대 돌격!"

일대일 대결에서 승리한 백천승과 그로 인해 갑작스럽게 격돌한 기마대의 싸움에서 생존한 장강의 사내들이 진영으로 돌아간 직후였다.

천사교의 진영에서 갑작스러운 돌격 명령이 떨어지며, 선두로 나서 있던 수백여 기의 기마대가 박차를 가했다.

진영으로 돌아간 백천승이 새로운 말에 올라서기도 전에 벌어진 상황이었다.

"오냐 그래, 기다리던 바다!"

백천승이 재빨리 수하가 전해 준 마상에 오르며 곁에 있는 마상의 사수교룡 임정을 향해 당부했다.

"알지? 여차하면 넌 뒤로 빠져서 그 아이를 책임져야 한다?"

대머리 중늙은이인 임정이 오만상을 찡그리며 펄쩍 뛰었다.

"그게 무슨 개소리예요! 그런 건 노인네가 책임져야지! 여차

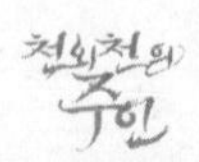

하면 형님이 뒤로 빠져서 그 녀석 책임져요!"

백천승이 악을 썼다.

"안 돼! 나보단 네가 발이 빠르잖아!"

임정이 어림도 없다는 듯이 쌍심지를 곧추세우며 냉갈했다.

"말도 안 되는 소리 마요! 지금 이 상황이 발 하나 빠른 것 가지고 해결될 문제예요? 기본적으로 강해야지! 형님이 나보다 강하잖아!"

"아니, 이놈이 정말……!"

백천승이 소매를 걷어붙이고 나서는데, 임정이 한 발 앞서 박차를 가하며 소리쳤다.

"장강의 형제들은 나를 따르라!"

선두의 기마대가 기다렸다는 듯이 임정의 뒤를 따라 박차를 가해서 우르르 달려 나갔다.

"이런 젠장!"

백천승은 어쩔 수 없이 박차를 가해서 그 뒤를 따랐다.

천사교의 기마대가 벌써 중간 지점을 넘어서서 달려오고 있었다.

뒤늦게 박차를 가한 장강의 기마대가 그들을 마중하며 우레와 같은 함성을 내질렀다.

"와아아아……!"

삽시간에 거리를 좁힌 두 무리의 기마대가 일시에 격돌하고 교차하며 한데 뒤엉켰다.

말과 말이 부딪쳐서 같이 넘어지고, 간발의 차이로 스쳐 지나가며 서로 베어서 같이 쓰러지는 자들이 속출했다.

병장기가 부딪치는 쇳소리와 살이 베이고 뼈가 갈라지는 섬뜩한 소음이 잔인하게 어우러지는 가운데, 찢어지는 단말마의 비명이 꼬리를 물고 이어지기 시작했다.

질서와는 거리가 먼 돌격과 충돌이 마치 한순간 볶은 콩이 마구 튀어 오르듯 격렬하게 전장을 뒤집어 놓고 있었다.

그리고 그 와중에.

다다다다-!

전장의 일각에서 우박 쏟아지는 것 같은 소리가 울렸다.

정확히는 천사교의 진영 중앙에서 일어나는 소리였다.

장강 진영의 후방에서 쏘아 낸 화살의 비가 쏟아진 것이다.

기실 창을 던지거나 화살을 쏘아 날리는 등의 행위는 전쟁을 하는 나라의 관이나 군대에서 주로 사용하는 싸움 방식이지 전통적으로 검 대 검, 칼 대 칼의 싸움을 숭상하는 강호 무림인들은 거의 사용하지 않는 싸움 방식이었다.

다만 강호 무림에서도 한 부류만큼은 전통이니 뭐니 하는 자존심 따위와 상관없이 필요하다면 얼마든지 사용하곤 하는데, 바로 산적이나 수적, 마적 등으로 불리는 도적들, 소위 녹림도가 그랬다.

강호 무림의 싸움과 어울리지 않는다는 측면에서 마음에 들지 않기는 그들, 녹림도도 마찬가지였지만, 싸움은 멋으로 하

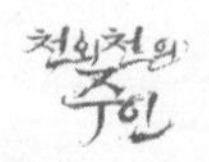

는 것이 아니라 악으로 깡으로 하는 것이라는 생각이 더 강한 그들이기에 가능한 일이었다.

하물며 녹림도에는 그와 같은 전술에 익숙한 자들이, 바로 도적을 토벌하기 위해 나섰다가 도리어 도적의 일원으로 돌아서 버린 병졸인 병비(兵匪)가 적지 않은 까닭에 더욱 그랬다.

그리고 제아무리 강호 무림의 고수들이 격돌하는 싸움일지라도 다수가 한 대 뒤엉키는 싸움에서는 그와 같은 전술이 절대 무시할 수 없을 정도로 효과적이고, 위력적이었다.

어지간히 내공을 수련해서 초일류의 경지에 오른 고수가 아니라면 눈먼 화살까지 막아 낼 재주는 없는 것이다.

그 때문이었다.

"으악!"

"크악!"

양측의 기마대가 한 대 뒤엉켜서 피와 살점이 튀는 싸움이 벌어지는 순간과 동시에 천사교의 진영에서 찢어지는 단말마의 비명이 동시다발적으로 터졌다.

화살비로 인한 아수라장이었다.

하지만 아수라장으로 변한 그들, 천사교의 진영만이 아니었다.

장강의 진영도 이내 아수라장으로 변해 버렸다.

후미였다.

장강 진영의 후방인 가파른 비탈길을 통해서 다수의 천사교

무사들이 치고 들어온 것이다.

백천승이 재빨리 지근거리에서 싸우던 적들을 도륙했다. 그리고 그 상대였던 두 명의 부두목에게 다급하게 소리쳤다.

"무초(無礎), 너는 당장 가서 죽어도 화(華) 공자의 곁에서 떨어지지 말고, 장초(張礎), 너는 후미의 애들을 지휘해서 놈들을 막아라! 나머지는 무조건 돌격! 적진을 돌파해라!"

"와아아아아……!"

장강 진영에서 다시금 우레와 같은 함성이 터졌다.

백천승의 명령을 듣고 재빨리 후미로 빠진 두 사내의 목소리가 그 속에 묻혀 버렸다.

전장의 추이는 어느새 격돌하고 있던 기마대 사이를 헤집고 나선 양측의 무사들이 주도하고 있었다.

흡사 서로를 마주 보는 양쪽에서 쏟아져 나와서 격렬하게 마주친 물결처럼 전장이 일시지간에 폭발해서 거대한 소용돌이를 일으켰고, 이내 거대한 소용돌이가 조각조각 떨어져 나가서 수십 수백 개의 작은 소용돌이를 만들어 냈다.

피와 살점이 난무하는 잔인한 학살의 소용돌이였다.

그때!

"우우우우……!"

가슴을 울리는 웅혼한 장소성이 전장에 울러 퍼졌다.

사내 하나가 빛나는 은발을 휘날리며 양팔을 벌리고 새처럼 날아서 전장을 가로지르고 있었다.

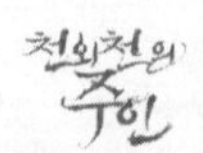

천둥과 벼락이 연속으로 치는 것처럼 계곡이 쩌렁쩌렁 울리는 가운데, 휘날리는 사내의 은발이 보는 이들의 시야를 눈부시게 자극하고 있었다.

누군가에는 걱정과 두려움을, 또 다른 누군가에는 용기와 희망을 가져다주는 그 자극의 주인공은 바로 설무백이었다.

다음 권으로 이어집니다

南宮魔帝 남궁마제

문운도 신무협 장편소설

회귀한 뇌왕, 가족을 지키기 위해 정파의 중심에서 제대로 흑화하다!

세상을 뒤집으려는 귀천성에 맞서 싸우다
가족을 모두 잃고 제물로 바쳐진 뇌왕 남궁진화
마지막 순간 원수의 뒤통수를 치고 죽으려 했으나
제물을 바치는 진법이 뒤틀리며 과거로 회귀하다!?

남궁세가의 양자가 된 어린 시절로 돌아온 후
귀천성이 노리는 자신의 체질을 연구하다 기연을 얻고
회귀 전과 다른 엄청난 미모와 함께
뇌전의 비밀마저 알아내 경지를 뛰어넘는데……

가족들에게는 꽃처럼 사랑스러운 막내지만
적이라면 일단 패고 보는 패악질의 끝판왕!
귀천성 때려잡기에 나서다!